JN074279

失格紋の
最強賢者17
～世界最強の賢者が更に
強くなるために転生しました～
著 進行諸島
ill. 風花風花

将魔族グラディスが操る
無数の魔物を迎え撃つ——!!

あぁもう
邪魔くさいですね…！

ワタシにいい考えがあります！

…

迷宮鉱山の運営で得た収益。
その使い道を考えていると、
なにやらイリスに妙案があるようで…？

鉱山の食堂に美味しいものを
いっぱい置きましょう！

エイス王国だけでなく他国にまで観測された
『魔物の異常発生』を調査するため
マティアスたちはバルドラ王国へと赴く

対岸へ目を凝らすマティアス。
そこで目にしたものとは――!?

Contents

失格紋の最強賢者
〜世界最強の賢者が更に強くなるために転生しました〜

Shikkakumon no Saikyokenja

失格紋の最強賢者

～世界最強の賢者が更に強くなるために転生しました～

Shikkakumon no Saikyokenja

しっかくもんのさいきょうけんじゃ

17

著 進行諸島

ill. 風花風花

Story by Shinkoshoto
Illustration by Kazabana Huuka

character

アルマ =レプシウス

親に結婚相手を決められるのが嫌でルリイとともに王立第二学園に入学した少女。「第二紋」の持ち主で、弓を使うのが得意。

ルリイ =アーベントロート

王立第二学園に入学するためアルマと一緒に旅してきた少女。魔法が得意で魔法付与師を目指している「第一紋」の持ち主。

マティアス =ヒルデスハイマー

古代の魔法使いガイアスの転生体。圧倒的な力を持つが常識には疎い。魔法の衰退が魔族の陰謀であることを見抜き、戦いを始める。

グレヴィル

古代の国王。現世に復活し無詠唱魔法を普及すべく動く。一度はマティアスと激突するが目的が同じと知り王立第二学園の教師となる。

ギルアス

三度の飯より戦闘が好きなSランク冒険者。マティアスに一度敗れたが、その後も鍛錬を続けて勝負を挑んでくる。

イリス

強大な力を持つ暗黒竜の少女。マティアスの前世・ガイアスと浅からぬ縁があり、今回も(脅されて?)マティアスと行動を共にする。

エイス
=グライア四世

マティアスたちが暮らすエイス王国の国王。マティアスの才を見抜き、様々なことで便宜を図りながらエイス王国を治める実力者。

エデュアルト

王立第二学園の校長。尋常でないマティアスの能力に驚き、その根幹となる無詠唱魔法を学園の生徒たちに普及すべく尽力する。

ガイアス

古代の魔法使い。すでに世界最強であったにも関わらず、さらなる力を求めて転生した。彼は一体どこを目指しているのか……。

ビフゲル
=ヒルデスハイマー

いろいろと残念なマティアスの兄。己の力を過信してマティアスのことを見くびっては、ドツボにはまる。

紋章辞典 Shikkakumon no Saikyokenja

◆第一紋《栄光紋》えいこうもん

ガイアス（転生前のマティアス）に刻まれていた紋章で、生産系に特化したスキルを持つ。武具の生産だけではなく、食料に関する魔法や魔物を避ける魔法など、冒険において不可欠な魔法にも長けているため、サポート役として戦闘パーティーにも重宝される。初期状態では戦闘系魔法の使い手としても最強の能力を誇るが、その後の成長率や成長限界が低いため、鍛錬した他の紋章の持ち主には遥か及ばない（ガイアスを除く）。ガイアスのいた世界では８歳を過ぎる頃には他の紋章に追いつかれ、成人する頃には戦力外になっていたが、現在の世界（マティアスの転生先の世界）では魔法レベルが前世の８歳児よりも低いため、依然として最強の紋章として扱われていて、持ち主も優遇されている。

第一紋を保有する主要キャラ：ルリイ、ガイアス（前世マティアス）、ビフゲル

◆第二紋《常魔紋》じょうまもん

威力特化型の紋章で、初期こそ特筆すべき点のない紋章だが、鍛錬すると使役する魔法の威力が際限なく上がっていくため、非常に高火力の魔法が放てるようになる。ただ、威力が高い代わりに、魔法を連射する能力はあまり上昇しない。弓などに魔法を乗せて撃つことで、貫通力や威力をさらに上げることができる。他の紋章でも同じことは可能だが、射程距離や連射速度について、第二紋の持ち主には遠く及ばない。現在の世界においては、持ち主はごく普通の人物として扱われている。

第二紋を保有する主要キャラ：アルマ、レイク

◆第三紋《小魔紋》しょうまもん

連射特化型の紋章で、初期状態では威力の低い魔法を放つことしかできないが、鍛えることで魔法の威力と連射能力が上がり、一気に畳みかける必要がある掃討戦などにおいて高い力を発揮することができるようになる。現在の世界では紋章の種類によって連射能力の変わらない詠唱魔法を使うことが主流になっているため、その特性を正当に評価されず、第四紋《失格紋》ほどではないが、持ち主は冷遇されている。第二紋の持ち主のように弓に魔法を乗せることも可能だが、弓に矢をつがえて撃つまでに掛かる時間が魔法が発動するより長いため、実用性はやや低め。

第三紋を保有する主要キャラ：カストル

◆第四紋《失格紋》しっかくもん

近距離特化型の紋章で、魔法の作用する範囲が極めて短いため、基本的に遠距離で戦うには不向き（不可能）だが、近距離戦においては第二紋《常魔紋》のような威力と第三紋《小魔紋》のような連射性能、魔法発動の速さを兼ね備えた最強火力となる。ただ、その恩恵にあずかるには敵に近づく必要があり、近接戦を覚悟しなければならないため、剣術と魔法が併用できる必要がある。最も扱うことが難しい紋章。

第四紋を保有する主要キャラ：マティアス

第一章

Chapter 1

「とりあえず、座標を記録しておこう」

俺（おれ）は隕石の落ちている場所を見ながら、魔法で座標を記録した。

隕石の落ちた座標と時刻さえ分かれば、どこから落ちてきたのかを絞り込む方法がある。

問題は、時間のほうだな。

普通の隕石であれば落下跡から落ちた時間を推定できるが、この隕石は『理外の術』によって周囲の時間を加速してしまう。

どのくらい加速されているのかを測定することは不可能でもないだろうが……そもそも加速割合が一定だという保証がないので、痕跡（こんせき）をあてにするのは難しい。

しかし幸いなことに、今この世界にはもっと確実な方法がある。

王都にある魔族発見システムの、龍脈観測網だ。

隕石の衝突は龍脈にもそれなりの影響を与えることになる。
そして龍脈の魔力のデータは、観測網に保管されているのだ。
そのデータを洗ってみれば、隕石が落ちた時刻はかなり正確に推定できるだろう。

などと考えていると、アルマとルリイが隕石について話し始めた。

「この隕石、ボク達が近付いたらどうなっちゃうの？」

「……あっという間におばあさんになって、干からびて死んじゃうんじゃ……」

確かに、木の葉があっという間に腐ってしまったことを考えると、そういった心配をするのも無理はないな。
だが、その可能性は低い。
そのリスクを犯す意味がないので、わざわざ近付いたりはしないが……近付いたところで、特に問題は起きないだろう。

「恐らくだが、近付いても特に何も感じないと思うぞ。ただ隕石から離れた場所の時間が、ほとんど止まって見えるだけだ」

「止まって……？」

「ああ。自分の動きが速くなるというよりは、周囲の動きが遅くなるような感じだ。隕石に近付いて30分ほど暇を潰した後、隕石から離れてみると、外はまだ5秒しか経ってないとか……そんな感じだな。逆に周りからは、俺たちが瞬間移動したように見える」

俺がそう言えるのは、ミロクとの戦いで似たような経験をしたからだ。

ミロクが使った『理外の術』による時間停止結界はまさに、そういった感じだった。

今回の敵が同じ熾星霊だとしたら、同じような力だと考えていいだろう。

「じゃあ、おばあちゃんにはならないってこと……？」

「隕石の周りで何十年も暮らしたら、その分だけ年を取ると思うぞ。……隕石のことを知らない人は、アルマが急に老けたと思うだろうな」

実際に何十年も暮らすようなことになるなら、事前に魔法学の本でも渡しておけばいいのだが。そうすれば隕石から離れる頃には不老魔法を覚えて、実年齢（？）をごまかせるようになるだろう。

ちなみに俺自身も恐らく、ミロクと戦っていた時間の分だけ、体の年齢と戸籍上の年齢がずれているはずだ。

まあ、不老魔法や年齢操作魔法などがあることを考えれば、体の年齢などというものにこだわる理由はあまりないのだが。

「……ちょっとくらいなら大丈夫ってこと？　なんか、テストの前とか課題提出の前に使ったら便利そうだね」

「確かに……！　魔道具を作る部屋にも欲しいです！」

「中に焚き火を置いて肉を焼いたら、早く焼けますか⁉」

……便利な使い道を思いつくものだな。

確かに時間の経過が速い空間を自在に作り出すことができたら、なにかと便利に使えるかもしれない。

金属素材などを対象にして、擬似的に時間を加速させるような魔法はあるが、人間まるごとという魔法はないからな。

そう考えると、この隕石自体もそれなりに魅力的だ。

自由自在にとはいかずとも、時間が加速した空間が作れるのだから。

「マティくん、この隕石に近付いて魔法の練習をしたら……魔族との戦いの前に、一気に強くなれるってことですか？」

「……いいアイデアだ。だが……恐らく魔力回復がネックになるな。ミロクとの戦闘でも、時間の加速した空間では魔力が補充されなかった」

時間が止まった空間では、周囲は止まっているように見える。

当然、周囲の空間から魔力が流れ込むこともないので、空間内の魔力は減る一方というわけだ。

要は宇宙空間みたいなものだ。

投げ込んだ葉の落ちた速度が普通だったところをみると、恐らく隕石の周りは重力も小さい……というか重力による加速が遅く感じるはずだ。

魔力だけではなく空気も流れ込まないので、長居するなら空気の問題も解決する必要がある。

そのあたりも、宇宙空間と似ている気がするな。

いずれにしろ、この隕石の周りは、あまり快適な空間とは言えなさそうだ。

長居をしようと思ったら、周到な準備をする必要があるだろうな。

「なるほど……じゃあ、あそこで魔力を使い切るまで練習したら、魔力切れの状態で魔族と戦うことになっちゃうんですね」

「ああ。……時間が加速した空間の性質もあくまで推測でしかないし、近付かないに越したことはないだろうな」

とはいえ、空気さえ何とかなるのであれば、魔力を使わない勉強などはできる。

この結界の中に何年か閉じこもって、ひたすら魔法の座学を詰め込むのは悪くないかもしれない。

まあ、強くなるより先にアルマが暴動を起こすか、イリスの食料が足りなくなるか……などといった問題は結局あるのだが。

特に後者……イリスの食糧問題は深刻だ。

隕石の周囲の時間が1000倍に加速されているとしたら、外の世界から見るとイリスは普段のさらに1000倍のペースで食料を消費することになる。

それだけの食料を確保しようと思えば、周辺の森という森を伐採して農地に変え、魔物という魔物を狩り尽くす羽目になってしまう。

仮にそういった準備が何とかなったとしても、勉強くらいしかすることのない空間に何十年も閉じ込められて喜ぶのは、一部の学者や魔法研究者くらいのものだろう。

本当に研究に集中していると100年くらいはあっという間なのだが、魔法研究の楽しさが分かる段階に到達するまでには、まだ結構時間がかかるからな。

というわけで、詰め込み学習のアイデアもボツだ。

「『理外の術』のことは一旦後回しにしよう。まずは魔族を倒す必要がある」

「そうだね！　……それで、戦う時の作戦はどうするの？」

「作戦か……今回は、戦いながら決めるような形になるな。決まり次第指示を出すから、臨機応変に対応してくれ」

俺の言葉を聞いて、アルマ達は意外そうな顔をした。

どうやら、臨機応変に戦うというのは予想外だったようだ。

「作戦が決まってないって、珍しいね」

「ああ。……『将魔族』に関しては、ほとんど情報が残っていないからな……。魔力から多少の推測もつかないではないが、未知のパターンが多すぎて作戦の立てようがない」

今回俺の敵になる『将魔族』は、俺自身も戦ったことがないタイプの魔族だ。

今までに戦ってきた魔族は、前世で経験があるタイプの魔族ばかりだった。

だから戦う前から、ある程度は『戦い方の正解』や、『今の俺でも勝てる方法』を考えた上で戦闘に臨めていたのだが……今回はそういう訳にもいかない。

事前のデータすらない戦闘というと、それこそ前世を含めても初めてだ。

倒せる者がいなかった魔族であっても、敗れた魔法戦闘師が残したデータや被害報告などの文献はあったからな。

その点、将魔族の討伐法に関しては前世の時代にすらデータがなかったので、俺にとってはほとんど未知の魔族とも言える。

「そ、それって……倒せるの？　あんな魔力の塊みたいな化け物を相手に、作戦なしって……」

「まあ、マティアスさんなら何とかなりますよ！」

アルマとイリスは、魔族の魔力がある方向を見ながらそう話す。

将魔族の魔力は、遠く離れたここからでもはっきり分かる……それこそイリスの魔力感知能力ですら分かるほど巨大だ。

「でも、昔の文献に情報があったってことは……将魔族の襲撃を受けても、生き残った人たちがいるってことですよね？　それって、魔族を倒した人がいるってことじゃないですか？」

「そうだな。……将魔族に世界が滅ぼされたという話がない以上、倒す方法はあるはずだ。戦いながら、それを探すことになる」

そう話しながらも俺は、周囲の魔力に気を配る。

魔物たちの魔力などから、将魔族の特性もある程度は掴めている。

将魔族は膨大な数の魔物を、１匹ずつ制御しているというわけではない。

そんなことをすれば、脳がパンクしてしまうだろう。

実際には、将魔族はリーダーとなる魔物を制御し、そのリーダーが配下の魔物に指示を出す……といった形を取っているようだ。

それとは別に、将魔族に微弱な魔力が送られていく様子もある。

魔物にしか使えない波長の魔力を使って暗号化されているため、詳しい内容は分からないが……恐らくあれは、視覚などの情報を共有しているのだろう。

実際、イリスが魔物の群れに突っ込んだ時には、その周囲で送られる魔力が増えたからな。

あれは恐らく、将魔族がドラゴンの存在に気付き、ドラゴン付近の情報を集め始めたからだ。

前世の時代の魔法制御力があれば、魔物が発する魔力を無理やり作り出して将魔族に送りつけ、偽情報によって混乱させるようなこともできたと思うのだが……まあ、それができる力があれば、遠くから将魔族のもとに広域殲滅魔法を打ち込んだ方が手っ取り早く討伐できるだろう。

力技でなんとかなるなら、それが一番早いからな。

今の世界では力技でなんとかできないので、昔の人類と同じように、工夫した倒し方を考えるしかないわけだ。

「ぶっつけ本番……なんか冒険者っぽいね！」

「ああ。……こういう戦い方ができるようになったのも、応用が効く段階まで実力がついたからだ。……昔だったら、戦い方が分からない相手との戦いには連れてこれなかった」

◇

それから1時間ほど後。

俺たちは厳重に隠密魔法を施し、将魔族のもとへと歩いていた。

特にイリスの魔力を抑え込むのには苦労したが、ルリイに作ってもらっていた魔道具などの手も借りて、なんとかカモフラージュに成功したのだ。

それでもイリスの隠密は、もって5時間がいいところだ。

しかし、5時間も経つ前には戦闘が始まっているはずなので、問題はないだろう。

俺は手のひらを下に向け、ゆっくりと下に下ろした。

これは『ここからはペースを落とすぞ』という意味のハンドサインだ。

極度の隠密能力が求められる状況では、たとえ小声であっても会話はできない。

通信魔法など論外だ。

そこで、こういった原始的なハンドサインに頼るというわけだ。

将魔族と俺たちの距離はおよそ1キロほど。

ペースを落とした俺たちの移動は10秒に1メートルといったところなので、およそ1万秒……3時間ほど見つからずに移動し続けられれば、将魔族のもとへとたどり着ける。

ちなみに、隠密行動というと一番心配になるのはやはりイリスだが……魔法的な面を除けば、イリスの隠密能力はむしろ高かった。

忍び足をする時に、全く音が立たないほどだ。

意外な才能が見つかったものだが……ドラゴンも小さい時には獲物に忍び寄ったりするので、そういった経験が生きているのかもしれない。

虎などの魔物は足音が小さいため、気付いたときには接近されていた……などという話もそれなりに聞くしな。

視覚などに関しては、周囲の風景と同化するタイプの魔法を使ってごまかしている。

普通に人間が見張っている程度ではまず気付けないレベルの隠蔽だ。

今の俺達よりは、そのへんの木にとまっている蟻のほうがはるかに目立つ。

難点があるとすれば、同化にわずかなタイムラグがあるため、速く動くと簡単にバレてしまうことだ。

この魔法を最大限に活かすために、俺たちはすごくゆっくりと動いている。

もし無事に敵の目の前までたどり着けたら、とりあえず『理外の剣』を心臓に突き立ててみるつもりだ。

いくら膨大な魔力があろうとも、『理外の剣』の前では無力だからな。

敵が金属鎧(よろい)などを用意していた場合は厄介だが……魔族はあまり鎧などを使わない印象があるので、今回もそうだと信じたい。

しかし……問題は、敵の周囲の環境が、全くと言っていいほど隠れるのに向いていないことだ。

敵がいる場所は森の中……これ自体は隠れるのにも悪くない場所だが、その雰囲気は普通の森とは全く違う。

将魔族の周囲というだけあって、魔物は10メートルと間隔を空けずに立っている。

10メートルというとまばらに見えてしまうが、強い魔物同士があまり密集しすぎると逆に互いが邪魔になってしまうようなケースがあるので、戦闘能力を活かせる最大限の密度と言っていいだろう。

その魔物たちは、1匹ずつ立つのではなく、3匹ずつ背中合わせになって周囲を見張っている。

まさに厳戒態勢……蟻1匹逃さない警備といった感じだ。

上空では飛行型の魔物が、延々同じところを旋回し続けている。

これも将魔族の警備のためだろう。

大昔に人間によって討伐された経験のせいかは分からないが……いずれにしろ、今回の敵は凄まじく警戒心が高いようだ。

そして、これだけ多くの魔物がいるにもかかわらず、周囲は静寂に包まれている。

魔物の鳴き声どころか、虫の鳴き声一つしない。

さらに言えば……魔物が動く音すらない。

魔物たちはまるで石像か何かのように、ほぼ完全に静止している。

たまに魔物たちがまばたきをする様子に気付かなければ、魔物ではなく精巧に作られた彫像だと勘違いしてもおかしくはないほどだ。

この静寂は、将魔族の統制力が作り出したものだろうな。

森の中に音や動きがあると侵入者に気付きにくくなってしまうので、動かないよう厳命しているというわけだ。

それどころか、将魔族の周辺に立ち入ろうとする虫などがいれば、1匹ずつ殺しているのかもしれない。

（これは……気付かれずに近付ける望みは薄そうだな）

視覚や魔力は、魔法でかなりごまかせる。

いくら全方位を魔物が警戒していても、魔物自身の視力や認識力が強化されていない限り、欺くことはできる。

音に関しても、足音を立てないよう気をつけて歩いた上で、消音魔法などの力を借りれば、なんとかなる。

今の俺達の魔法能力なら、大抵の魔物相手にはごまかしがきくだろう。

しかし問題は振動感知や重量感知だ。

地面を踏んで歩く以上、いくら気をつけていても地面にわずかな振動は発生する。

葉などを踏めば、葉が沈む様子は見えるのだ。


重量感知や振動感知などをかいくぐるだけなら結界魔法などを足場にするという方法はあるが、今度は結界魔法自体が見つかってしまう可能性がある。

隠密魔法などが見つからないのは、あくまで近付く前から魔法を使っているからであって、魔法発動の瞬間というのは隠すのが難しいものなのだ。

そういった、魔法でごまかせない手段で監視網を組まれてしまえば、流石に近付きようがない。


魔物の中には、そういったものに対して鋭敏な感覚を持つ種類のものがいる。

これだけ静かな環境を作り出している以上、それらが警戒網の中に配置されている可能性も高いだろう。


などと考えている途中で……俺はふいに、周囲の空気が変わったのを感じた。

これはなにか特定の理由があったというより、魔法戦闘師としてのカンだ。

なぜ空気が変わったのかを説明しろと言われると、一瞬だけ考える必要があるが……こういった時は、直感に従って動くのが正しいケースが多い。

頭で考えるよりも先に、経験が『警戒しろ』と囁くのだ。


俺はとっさに指を2本立て、左右に振った。

これは『見つかった可能性がある』のサインだ。


『受動探知』に意識を向けてみると、俺達の周囲で魔物たちが発する微弱な魔力……将魔族グラディスのもとへと向かう魔力が増えたのが分かる。

つまり敵が、俺達の周囲に興味を持っている可能性が高いということだ。


そして次の瞬間……俺達の斜め後ろから、空気の抜けるような音がした。

俺はとっさに剣を抜き、背後を切り払う。

すると……剣は1本の針を弾き飛ばした。


魔物の中には、こういった毒針を射出する能力を持つものがいる。

隠密行動をしているつもりの相手を不意打ちで仕留めるには、まさに最適な攻撃と言っていいだろう。

反応があと半秒遅れていたら、まともな対処は取れなかっただろうな。

「見つかった！　一気に距離を詰めるぞ！」

もはや言葉を発さないように気をつける理由も、ゆっくり動く理由もない。

『理外の剣』がある以上、どんなに強い魔力を持つ相手であっても、距離さえ詰めてしまえば叩き斬れる可能性はある。

恐らく、グラディスが討伐された当時とは違う方法だろうが、要は倒せれば問題ないのだ。

「了解！」

「わかりました！」

敵までの距離は、たったの500メートルほど。

魔物をかわしながらでも、30秒とかからない距離だ。

だが、その距離を詰める機会は訪れなかった。

俺達が動き始めた直後……魔族は凄まじい速度で、まっすぐ俺達から離れたのだ。

——全力飛翔。

魔族が持つ魔力を翼に集中させ、異常な加速力を得る、魔族特有の魔法のようなものだ。

これを使って逃げに徹されると、それこそ転移魔法でも使わなければ、魔族との距離を詰めるのは不可能に近い。

やたら警戒心が強いとは思っていたが、ここまで徹底して避けられると逆に感心するな。

魔力を隠しているので、恐らく敵から俺達の強さなどは全く判断がつかなかっただろう。

そして、グラディスが倒された時代の魔法戦闘師などに比べれば、俺達の魔力など全く大したことのないものに見えるはずだ。

恐らく敵は、人間が来たということを察知しただけで、強さの判断すらせずに逃げることを決めていたのだろう。

そうでなくては、あのタイミングで逃げることはできない。

死角からの一撃も、全力飛翔の発動タイミングを妨害されないよう、俺達の行動を自由にさせない意図だったのかもしれない。

全力飛翔は、発動のタイミングが弱点になりがちだからな。

「逃げられたけど……どうする⁉」

「……一度撤退する！」

敵の本体は逃げたが、魔物たちは当然この場に残っている。
先程まで石像のように動かなかった魔物達が、今は自由に動いているのだ。
当然、連中は全員が俺達を狙っている。

「撤退ですね！　ドラゴンに戻ります！」

「頼んだ！」


イリスはドラゴンの姿に戻り、俺達を掴んで飛び上がった。

離陸の直前、何匹かの魔物は俺達のもとへとたどり着いたが、『理外の剣』で斬り捨てる。

少し離れた場所の魔物はアルマが矢で足止めしてくれたので、剣1本で対応できる程度の数で済んだ。


とはいえ、それは周囲の魔物たちのうち、俺達にごく近い位置にいた魔物しかまだ近くにいなかったからだ。

魔物はグラディスの指示を受けて、俺達のもとへと集まって来ている。

時間とともに周囲の魔物は増えるばかりなので、それこそ飛んで逃げなければ物量で押し潰されるだけだ。

「どっちに逃げますか⁉」

「……隕石の方だ！」

「了解です！　……わわっ！」

俺達を乗せて飛び去ろうとしたイリスが、飛行型魔物――ブルー・グリフォンの突進を受けてよろめいた。

基本的に、ごく一部の例外……ドラゴンなどを除いて、飛行型の魔物は攻撃の威力が低い傾向にある。

地上を走る魔物はいくら重くても問題がないが、飛行する魔物は重いと飛べなくなってしまうため、体重が軽いケースが多いのだ。

魔物自体が軽いのだから、攻撃は軽いものになる。

だが、その軽い攻撃も、将魔族の膨大な魔力によって強化されれば、イリスのバランスを崩す程度の威力にはなる。

というか実のところ、飛び始めのドラゴンを叩き落とすのはあまり難しくない。

イリスは高位のドラゴンなので撃墜こそされなかったが、普通のドラゴンなら今の一撃で地上に落とされていた可能性も高いだろう。

ドラゴンの飛翔は魔力によるものなので、魔族の全力飛翔に似た性質がある。

速度が出てしまえばもうほとんど止められないが、飛行が安定するまでに少し時間がかかるのだ。

もちろんイリスは高位のドラゴンなので、魔族の全力飛翔ほどもろくはない。

魔族は全力飛翔中に魔力を乱されれば魔力の暴走で自滅しかねないが、イリス自身は飛翔中でも普段と同じ耐久力を持っている。

しかし、速度に乗るまでの間に妨害を受けると、なかなか加速できない。

特に、重心から遠い場所……翼などに衝撃を受けるとバランスが崩れるので厄介だ。

突っ込んでくる魔物の様子を見ると、敵はそういった事情をよく把握しているように見える。

イリスを倒すというより、飛行のバランスを常に崩し続けることによって、地面に叩き落とそうといった感じの攻撃だ。


恐らく、生半可な攻撃ではイリスにダメージを与えられないことを見越して、とにかく足止めをして、あわよくば地面に落とそうという作戦なのだろう。

地上の魔物のほうが攻撃能力は高いので、飛行型の魔物はそのサポートに徹するという訳だ。

魔物の特性をよく理解した、合理的な戦術だな。


俺とアルマは、イリスに近付こうとする魔物を止めようと戦う。

俺は手の届く範囲の魔物は全て斬り捨て、手が届かない場所の魔物も、失格紋で届く範囲なら魔法で撃ち落とす。

アルマは対応できる魔物の数を増やすために、矢を5本まとめて射り始めた。

そして……普段はアルマのサポートに徹し、自分では攻撃することのないルリイさえ、合間を見て敵に魔法を撃ち込んでいる。

戦闘向きではない栄光紋だが、ルリイは敵の魔物を倒すのに十分な威力の魔法を放っていた。

イリスはイリスで、噛みついたり爪で引っ掻いたりして、近付く魔物を自分で蹴散らしている。

というか、イリスが振り回した翼や尻尾が当たるだけでも、普通の魔物にとっては致命傷だ。

ドラゴンの姿になったイリスは、今の状況では絶大な存在感を発揮している。

元々イリスは、単純な物理攻撃の威力という意味では、俺達のパーティーの中でも頭一つ抜けている。

代わりに攻撃のコントロールに難があり、当たりにくさというデメリットを背負っているイリスだが……今の状況では、それも関係ない。

なにしろ周囲は敵だらけなのだから、目をつむって適当に攻撃を繰り出すだけでも、何かしらの魔物に当たることになるのだ。

俺達のパーティーが魔物を倒すペースとしては、今までの戦闘でも最速だろう。

1秒間に10体近い魔物を倒す勢いで、俺達は襲いかかる魔物たちを次々と倒していく。

だが、敵の数が多すぎる。

これほどのペースで魔物を倒し続けても、イリスの妨害をしようとする魔物を全ては倒しきれないのだ。

イリスは懸命に高度を上げようとしているのだが、度重なる魔物の衝突によって高度は逆に下がり、今や地上は目前に迫っている。

「いくら倒しても、きりがないです……！」

「っていうか、逆に増えてない⁉」

「……増えてるな」

それも当然だ。

戦闘開始当初、俺達との戦いに参加できるのは、俺達からせいぜい数百メートルの範囲にいた魔物だけだった。

だが戦闘から始まってから時間が経った今は、あの頃に2キロ先にいたような魔物も、戦いに加わっていることになる。

仮に魔物が均等に散らばっていて、半径1キロの範囲に1000匹の魔物がいたとすれば、半径2キロの範囲には4000匹の魔物がいることになる。

10キロなら10万匹だ。

距離と面積の関係を考えると、周囲に散らばっていた魔物が俺達のもとに集まり続けるなら、時間とともに増援の魔物は増えていくことになる。

今ですら倒し切れていないなら、これから討伐が追いつくはずもないのだ。


そして……比較的魔物の少ない空中ですら、こんな有様だ。

地上に至っては、もう足の踏み場もないほど魔物に埋め尽くされている。


これほど密集しては、1体1体の魔物の動きは極端に制限されてしまうが……もはやそんなことは関係がないだろう。

適当に攻撃をしているだけで、どれかは俺達に当たることになる。


飛行型魔物の攻撃では傷つかないイリスも、将魔族によって強化された大型魔物の攻撃を受け続ければ、小さな傷くらいは負うことになる。

そうなれば、もはや倒れるのは時間の問題だろう。

なにしろ、『魔の森』中から集まり続ける魔物は、いくら倒されても次が現れるのだから。

「邪魔くさいですね……！」

そう言ってイリスが、魔法陣を展開した。

イリスが扱うことができる中で最強の攻撃魔法——『竜の息吹』だ。

「『竜の息吹』、使っていいですか⁉」

イリスはほとんど魔法が発動しかけているようなタイミングで、俺にそう尋ねた。

もちろんイリスの魔法制御力では、今更発動を止めることなどできない。

俺がダメだと言っても、周囲の魔物を『竜の息吹』で焼き払うつもりなのだろう。

「頼んだ」

俺はそう言って、ルリイ達を守るように防御魔法と耐熱魔法を展開する。

それと同時に、『竜の息吹』が発動し、白熱する炎が地面と空をまとめて覆い尽くした。

いくら将魔族の力で強化されていようとも、イリスの『竜の息吹』に耐えられるほど、ここにいる魔物は強くない。

イリスの炎の攻撃範囲にいた魔物たちは、周囲の木々もろとも灰になった。

後に残ったのは、骨すら残っていない、ただの荒野だ。

その荒野の地面すら、『竜の息吹』の熱によって表面が溶けかけているのだが。

「もしかして……最初からこうすればよかったんじゃ？」

「いや、いいタイミングだったぞ。将魔族本体は、これでも倒せなかっただろうからな」

魔族は高位になればなるほど、魔法的にも物理的にも頑丈になっていく。

今のイリスの炎ですら、あの膨大な魔力を持つ将魔族の討伐には足りなかっただろう。

その威力で倒せる相手であれば、昔の世界の魔法戦闘師が頑張れば、国が滅ぶ前に倒せただろうしな。

「すぐ逃げるビビりの魔族なのに、そんなに強いんですね……。とりあえず逃げましょう！」

「いや、無理みたいだ」

イリスの『竜の息吹』は、半径数キロもの範囲を焼き払った。

その範囲内には、１匹の魔物すら残らなかったわけだが……それ以外の場所はもう、完全に魔物に覆い尽くされていた。

上空でさえそうだ。

俺達の頭上はるか上……上空数キロもの場所に、魔物が密集していた。

ここに来る途中で遭遇した『魔物の壁』なら強引に突破できたが……今回の『魔物の壁』は、『受動探知』ですら先が見通せないほどの密度と分厚さだ。

あんな場所に突っ込んでも、壁を突破し終える前に失速して叩き落されるだけだろう。

「……『竜の息吹』も想定通りだったみたいだな」

ただ直線的に俺達に向かうだけの魔物なら、わざわざ上空数キロもの場所を飛んだりはしないはずだ。

空を飛べる魔物であっても、そこまで高く飛ばそうとすると、強化魔法に魔力が必要になるだろうしな。

いくら将魔族が膨大な魔力を持っているとは言っても、わざわざ無駄に魔力を使うことはないだろう。


恐らく俺達の中にドラゴンがいることを理解した時点で、飛行による逃走や『竜の息吹』が来るのを予想して、あらかじめ『竜の息吹』が届かない場所に魔物の壁を作っていたということだろう。

絶対にここで仕留めるという、強い意志が見て取れる。


そして、将魔族グラディスの判断は正しい。

一度近付いて、本気の防衛網と戦って生きて帰った人間は、その対策を立て始めることだろう。

情報だけなら遠隔で飛ばせるかもしれないが、実際に戦った経験があるのとないのでは大違いだ。


だからグラディスは、自分の防衛網と戦った経験がある人間を、生きたまま帰さないつもりなのだ。

経験を持ち帰って対策を立てられる人間が、今の時代に現れないように。

『絶対に逃さない』という意志は、他の部分にも現れている。

例えば、転移阻害魔法だ。


最近は転移魔法などほとんど見かけない……というか使える人間がほぼいないのだが、転移魔法を使える魔法戦闘師が多かった時代は、敵を逃したくない時には転移魔法が必須とされていた。

また、身を守るという意味でも、転移阻害魔法は必須になる。

寝室に転移阻害魔法を展開していないと、突然転移してきた暗殺者に首を切り落とされても文句は言えないような、物騒な時代だったのだ。


魔族は特殊な魔力回路との相性が悪い関係で、転移魔法を使う個体はあまりいない。

だが魔法戦闘師を相手にする以上、魔族も転移阻害魔法は使ってきたのだ。


しかし……ここまで広範囲にわたって転移阻害を使う魔族というのは、ほとんど見たことがない。

グラディスは転移阻害魔法を、なんと『魔の森』のほぼ全域にわたって展開しているのだ。

これでは、グラディスから逃げ切る手段など皆無と言ってもいいくらいだろう。


「ど、どうしますか⁉」

「近付いてくる魔物を倒して、1秒でも長く時間を稼ぐんだ。その間に対処を準備する」


将魔族が『将』などという名前で呼ばれている理由がよく分かった。

ここにいる魔物は、まるでよく訓練された軍のように合理的に、連携を取って動く。

そこに圧倒的な魔力量による補助と、膨大な魔物の物量が加われば、最早昔の魔法文明で太刀（たち）打ちする術（すべ）などないだろう。


国がいくつも滅ぼされたのも、納得がいくというものだ。

昔の魔法戦闘師で構成する魔法軍より、この魔物の軍のほうがずっと強いだろう。

その軍の将が、将魔族というわけだ。

こういった、他の魔物を使役するタイプの敵と戦うときには、軍勢を無視して本体を叩くというのが基本だが……その接近すら許されない。

グラディスは動かない魔物による監視網と、徹底した逃げの態勢で、本体に接近しての直接攻撃を封じているというわけだ。


超長距離攻撃魔法なども、はるか遠くまで広がった監視網で捉（とら）えて、着弾するよりずっと前に察知して防いでくるのだろうな。

まあ今の時代には、そんな魔法を扱える人間などグレヴィルくらいしかいないのだが。

そのグレヴィルにしろ、王家の呪（のろ）いの影響を考えると、超長距離攻撃魔法の発動は現実的ではないだろう。


そして、今の状況で確信が持てた。

将魔族グラディスが討伐された時代……前世の俺が生まれるよりさらに昔の魔法技術で、将魔族に接近するのは不可能だ。

つまり……グラディスに近付けずとも、倒せる方法があるということだ。

グラディスを含む『将魔族』は、歴史上のある時期まで猛威をふるっていた。

大昔の本などだと、『人類は恐らく、将魔族の手によって絶滅を迎えることになるであろう』などと書かれていたくらいだ。

前世の俺が若い頃に読んだ本（当時でさえ『古書』に分類されていた）には、将魔族への絶望と、どうしたら将魔族を倒せる魔法を作れるのかについての試行錯誤の内容などが書かれていたものだ。

その試行錯誤が古代魔法文明の発展をもたらした面もあるのだが、肝心の討伐方法の発見について書かれた本は1冊もなかった。


しかし事実として、将魔族は歴史上のある時期から討伐され始め、それから10年足らずで完全に絶滅したとされている。

最強の将魔族であるグラディスの討伐には最も時間がかかったようだが、それでも倒せたのだ。


当時の魔法技術のレベルからして、強力な戦闘用魔法が登場して一網打尽……といったパターンは考えにくい。

もちろん周到な準備によって格上を倒せることはあるが、ここまでの魔力だと限度を超えている。

何か将魔族特有の弱点のようなものがあって、それを突いたような魔法でもなければ、こんな化け物をたった10年で絶滅に追いやるなど不可能だろう。

なにか特別な、専用の対策があるはずだ。

そのための魔法書でも残しておいてくれればよかったのだが……その討伐法は謎に包まれている。

俺は当時の世界にあった魔法書の全て……少なくとも魔法図書館にあった本の魔法は全てに目を通しているが、将魔族対策に効果を発揮したという記載があった魔法はゼロだ。

将魔族の討伐法はおろか、そのヒントすら当時の本には書かれていなかった。

まるで当時に将魔族の討伐に成功した者たちが、その方法を全力で隠しでもしたように。

しかし、この『討伐法が隠されている』という事実自体が、一種のヒントだ。

もし魔法に秀でた英雄的な存在がいて、そいつが倒して回ったのであれば、討伐者の名前くらいは書かれているはずだ。

そういった情報がないという点から、『たまたま優秀な魔法戦闘師がその時代に現れて、将魔族を倒して回った』という可能性は否定できる。

つまり、個人の資質でどうにかするようなものではないということだ。

（……恐らく、魔物か魔力絡みだな。更に、方法が全く伝わっていないとなると……）

段々と狭まっていく敵の包囲網を見ながら、俺は将魔族への対策を考える。

とは言っても、すでに方法自体はほとんど結論が出ているようなものだ。

復活間もないグラディスが、封印前と違う戦い方をここまで完成させているとは考えにくい。

そして、もし敵の戦い方が当時と同じなのだとしたら、これを倒す方法として思いつくものはそう多くない。

要するに、魔物を乗っ取るという方法だ。

魔物たちは魔物にしか扱えない周波数の魔力で指示を受けているので、それを乗っ取るのは容易ではない。

たとえ乗っ取れたとしても、魔物の数と将魔族の魔力量を考えると、乗っ取った魔物に戦わせたところで多勢に無勢だ。

無数の魔物がいる中で、苦労して1体や2体の魔物を乗っ取ったとしても、ほとんど意味がないと言っていい。

だが、将魔族の『眼』となる魔物は別だ。

無数にいる魔物の中で、将魔族が実際に監視している魔物は1体だけか、多くてもせいぜい数体だ。

先程の戦闘中、敵が魔物のうち1体と視界を共有するような形で戦っていたのは、ほぼ間違いない。

というのも、飛行型魔物の1体を倒すと、あからさまに敵の魔物の動きが鈍ったのだ。

それから数秒の間、敵の攻撃がまるで目が見えていないようなものだったことを考えると、視点の切り替えは一瞬とはいかないのだろう。

恐らく魔法的には並行で情報を送れるのだが……本人の情報処理が追いつかないということだろうな。

人間だって、いくつもの視点からの映像を同時に見せられて、その内容をちゃんと理解するのは難しい。

無数の魔物を操（あやつ）れる将魔族も、考える頭は1つしかないというわけだ。

つまり、その『眼』となる魔物を乗っ取ってしまえば、敵が乗っ取りに気付いて監視対象の魔物を変えるまで、敵が操る魔物は大した脅威ではないどころか、下手をすれば味方にすらなる。

敵の魔物がいる場所に『マティアスがいる』と錯覚させることによって、同士討ちを引き起こすことだってできるのだ。


問題は、このアイデアを実行に移すのは困難だということだ。

この程度のことは、大昔の魔法戦闘師たちもすぐに思いついたはずだからな。

将魔族の討伐に何十年もかかったのは、実際に敵の『眼』をピンポイントで乗っ取り、的確な偽情報を送りつけるのが難しいということだ。


どのような魔力を送れば、将魔族に偽映像を見せることができるのか。

そして、魔物にしか扱えない波長の魔力で、どうやってそれを送りつけるのか。


このうち難しいのは、偽映像の作り方のほうだ。

俺は周囲の魔力に意識を集中させ、将魔族が撒き散らした膨大な魔力の中から、将魔族に情報を伝える微弱な魔力を感じ取りながら……魔法を発動する。


この魔法は、戦闘のための魔法ではない。

情報を解析するための魔法だ。

本来は今の魔法制御力で扱える魔法ではないが、簡易版のような形で無理やり構築した。

足りない部分は、俺自身の脳で補う。

昔の魔法使いが何十年もかけて見つけた方法を、たった数十秒で見つけろとは酷な話だが……正解があると分かっていれば、考えがいがあるというものだ。

前世も合わせて何百年も魔法を研究してきた者として、失敗する訳にはいかないだろう。

だが簡易版とはいえ、敵に物量で押し潰されるまでの短時間で解析を済ませようとすると、今の俺の魔法制御力は全て解析魔法に回さざるを得ない。

というか、少しでも魔法制御力を他の場所に割けば、その瞬間に解析魔法は崩壊するだろう。

今回の解析魔法は、安定性や安全性、その他諸々(もろもろ)を犠牲にして、とにかく解析速度だけに特化させたからな。

付与魔法つきの剣を握るだけでも解析魔法を壊してしまうので、今の俺は丸腰だ。

もちろん、『理外の剣』を抜刀するなど論外と言っていい。

「俺はしばらく戦えないから、時間稼ぎを頼む！」

「了解！」

「分かりました！」

「了解です！」

こんな数の魔物に取り囲まれての戦闘で、『しばらく戦えない』などという宣言をされれば、普通は耳を疑うだろう。

だが3人は俺の言葉を疑うどころか、聞き返しもしなかった。

俺がこう宣言した以上、そうしなければならない理由があるのだと理解してくれているのだろう。

イリスは逃げるのを諦め、自分が『竜の息吹』を放った場所の少し上にとどまっている。

地上の魔物に攻撃を受けない範囲内で、できる限り距離を稼ごうというわけだ。

そして上空にいた飛行型の魔物たちが俺達のもとへとたどり着き……戦闘が始まった。

「撃ち漏らしはワタシに任せてください！」

イリスは相変わらず爪や尻尾を振り回し、近付こうとする魔物を薙ぎ払う準備をしている。

しかし今のところ、イリスの出番はない。

その理由は、ルリイが魔法を付与した矢だ。

「この矢、便利だね……！　1匹ずつ狙わずに済むよ！」

「破片が飛び散るので、巻き込まれないように気をつけてください！」

そう言ってアルマが数本まとめて放った矢は……敵が密集している場所に飛んでいくと、空中で爆発を起こした。

しかも、ただの爆発魔法ではない。

ルリイが作った魔道具は、その爆発によって、魔法を付与した魔石自体を砕け散らせるように作られていた。

結果として、爆発と同時に周囲には魔石の破片が撒き散らされ、広範囲に攻撃を振り撒くのだ。

単体相手の殺傷力という意味では通常の爆発魔法よりはるかに低いが……体の軽さと引き換えに頑丈さを失っている飛行型魔物が相手なら、これで十分だ。

爆発の周囲にいた魔物たちは、翼などに傷を負い、次々に墜落していく。

致命傷とは言えないだろうが……イリスが飛んでいる限り、地面に落ちた魔物はいないも同然だ。

先程までより飛躍的に上がったアルマの殲滅力によって、イリスが手を出すまでもなく魔物は撃墜されていく。

とはいえ、それは最初に俺達のもとにたどり着いた、ごく一部の魔物だけの話だ。

その後ろでは無数の飛行型魔物が、こちらに向かっている。

敵の攻撃が本格的に始まるまでに残された時間はそう多くないだろう。

「ごめん！　もう倒し切れない！」

爆発する矢を次々と放ちながら、アルマがそう告げた。

普通なら絶望的な状況だが……撃ち漏らしが出始めるのを予測してちゃんと宣言しているあたり、冷静さは失っていないようだ。

「出番ですね！」

そう言ってイリスが、迫ってくる魔物を尻尾や翼で叩き落としていく。

しかし、魔物の数は増えていくばかりだ。

「……ワタシ、もう1回『竜の息吹』撃ちましょうか⁉」

「今の状態では無理だ。……最低でもあと3日は休んでからじゃないと、発動すらしないはずだ」

イリスが魔素融合炉の暴走によって負った傷は、もうだいぶ回復している。

しかし、ただでさえ魔物の襲撃を受けながら飛行し、高度を保ち続けるのは魔力回路に与える負担が大きいのだ。

その状況で『竜の息吹』を発動したことで、イリスの魔力回路にはかなりの負担がかかっている。

今のイリスでは、もう一度『竜の息吹』を使うのは無理だろう。

使えるのなら無理をしてでも使ってもらいたい状況ではあるが、今それを試しても『竜の息吹』は発動しないばかりか、飛行すら維持できなくなって墜落するだけだ。

「うーん、やっぱり2回目は無理ですか……そんな気はしました」

イリスはそう言いながら、近付いてきた魔物を爪でひっかく。

自分の魔力回路のことなので、自分でも次の魔法を発動できないのは分かっていたのだろう。

俺はそんな戦闘を見ながら、解析魔法の維持を続ける。

解析魔法自体は順調で、集まった情報は完全に解析されている。

今は集まった情報をもとに、敵を騙すための魔力パターンを構築しているところだが……それもだいぶ終わりが見えてきた。

あとは最後のピースさえ揃えば、将魔族対策魔法は完成だ。

2発目の『竜の息吹』を撃てなくても、必要な時間は稼げるかもしれないな。

しかし、時間稼ぎのほうもだいぶ難しくなってきている。

ルリイはすでに爆発矢を作るのをやめて、自分で攻撃魔法を使っている。

今ある分の爆発矢を使い切るより先に、戦線が崩壊するという判断だろう。

そして、恐らくその判断は正しい。

アルマの手元に残っている爆発矢は、あと5分ほどで使い切る量だろうが……どうあがいても5分はもたないだろう。

などと考えている途中で……俺は魔物の一団に目をやった。

ワイバーン……小型のドラゴンに似た、飛行型魔物の群れだ。

他の魔物たちがイリスを墜落させるべく攻撃してくる中、その魔物だけは動きが違うように見えた。

あのワイバーンが狙っているのは、恐らく俺だ。

敵はすでに、俺が使っている魔法が解析魔法であることに気付いているだろう。

解析の内容にまで気付いているかは分からないが、状況からして、この解析魔法が俺達の切り札であることは明白だ。

そして俺の解析魔法を止めるには、俺に傷を与える必要すらない。

防御魔法でも、回避用の移動魔法でも、何かしらの魔法を使わせるだけで、この完成しかけの解析魔法は崩壊する。


ワイバーン達は他の魔物の影に隠れてアルマの爆発矢をやり過ごしながら、俺のもとへと向かってくる。

そのほとんどは、イリスの翼や爪によって叩き潰されたが、攻撃をくぐり抜けた3体の魔物がイリスの背中……俺達が乗っている空間までたどり着いた。

俺に近付こうとする魔物たちに気付いたルリイが攻撃魔法を乱射する。

魔法は2体のワイバーンを撃ち落としたが……残りの1匹は、ルリイの攻撃魔法を寸前で回避した。

今までの魔物には見られなかった動き……魔物というより、人間や魔族といった、高い知能を持つ生物の動きだ。

「マティくん！」

ルリイは俺とワイバーンの間をふさぐように、攻撃魔法を放つ。
そこでワイバーンは、急に方向転換した。
俺ではなく、ルリイを狙うように。

とっさのことに、ルリイは反応できない。
そもそもルリイの栄光紋は、素早い魔法発動には向いていないのだ。
そんな状況の中……俺が起動していた解析魔法が、その役目を終えた。
敵が通信に使っている魔力の解析が終わったのだ。

「間に合ったな」

これで俺も、魔法を使うことができる。

剣を抜いている時間はない。

俺は身体強化を発動してルリイの目の前に走り込むと、ルリイに突き立てられようとしていたワイバーンの爪を両手で受け止めた。

魔族の力で強化されているだけあって、ワイバーンの爪は凄まじい力を持っていた。

身体強化ありでも、俺の腕はあっさり押し切られる。

これを何度も受けて飛んでいられるイリスは、やはり高位の魔物というだけあるな。

俺は急所を避けて、肩で爪を受け止める。

肩に爪が突き刺さるが、これでいい。

そして俺は、先程完成した魔法を起動した。

すると……周囲の魔物たちの攻撃が、段々と俺達とは違う場所にずれていく。

まるでイリスが少しずつ遠くに移動していて、それを追いかけているかのような動きだ。

「うまくいったみたいだな」

俺はそう言って、段々と離れていく魔物たちを見守る。

将魔族に情報を送るには、魔物にしか扱えない波長の魔力が必要となる。

しかも、将魔族が『眼』として使っている魔物からの情報でなければ、将魔族は偽情報を見てはくれない。

その『眼』となっている魔物こそ、対策魔法の完成に必要だった最後のピースだ。

「このワイバーンは攻撃しないでくれ」

俺の肩に爪を突き立てている魔物に対し、ルリイが魔法を打ち込もうとしているのを見て、俺はそれを制止した。

このワイバーンが、将魔族グラディスの『眼』だ。

俺は今、この魔物を介して偽の映像をグラディスに送りつけている。

「大丈夫って……あれ、よく見てみると血が出てない」

「傷は回復魔法で治したからな。俺と魔物の魔法回路をつなげて、敵に偽情報を送りつけているんだ」

今グラディスは、ワイバーンがルリイへの攻撃に成功し、俺が解析魔法を中断して戦い始めた映像を見ている。

解析魔法の完成は、外から見ても分からないからな。

魔力回路をつなげたことによって、敵がどうやって『眼』となる魔物からの魔力を見分けているのかも分かった。

要は魔物の個体差を魔力パターンに組み込んでいるだけなのだが、魔力の波長自体はこのワイバーンのものと変わらないので、敵が視点となる魔物を切り替えても遠隔で視界を乗っ取れる。

敵が使役する魔物は、もはや俺達を捉えることはできない。

「イリス、隕石のほうに飛んでくれ」

「了解です！」

俺はとりあえず、この包囲網を抜け出すことにした。

包囲網の外にいれば、視界を乗っ取られたことに気付いたグラディスがあたりを適当に攻撃し始めたとしても、まず問題はないからな。

これでグラディスは、安全なところから魔物を操（あやつ）って俺（おれ）達を攻撃するような真似（まね）ができなくなる。

本人が出てこない限り、俺に攻撃は届かないというわけだ。

そして……敵から離れるだけならいくらでも方法があるのに、わざわざ隕石の方向を選んだのは、もちろん理由がある。

逃げるだけではなく、反撃するためだ。

そのために、あの隕石が持つ力が必要になる。

「さっき、魔物と魔力回路をつなげたって言ってましたけど……そんなことして大丈夫なんですか？」

敵の包囲網から脱出したところで、ルリイが俺にそう尋ねた。

相変わらず、ワイバーンの爪は俺の肩に刺さったままだ。

グラディスが指示に使っていた魔力を偽装することによって、このワイバーンは動きを止めているが、確かに心配になる見た目かもしれないな。

「龍脈とつながるよりは、ずっと体への負担も小さいぞ。……代わりに、細かい魔力操作が必要だけどな」

魔物の魔力回路は、龍脈と比べればはるかに魔力量も少なく、龍脈のように突発的に荒れ狂ったりすることもない。

だから安全さという意味でいえば、魔物の魔力回路は龍脈よりはるかに安全だ。

『人食らう刃』を何度も使ってきたのに比べれば、危険などあってないようなものだろう。

ただ、その制御は龍脈よりも難しい。

龍脈と違って、魔物には魔物自身の意志がある。

それを抑え込む必要があるのだ。

ただでさえ、魔物の魔力は人間よりはるかに多いのだ。

いくら魔力回路をつなげているとはいっても、魔力回路の小さな接点から流す魔力で魔物の魔力を操るのは、そう簡単ではない。というか無理だ。

実際にそれが成功しているのは、ここにいる魔物は、将魔族グラディスの手で『魔力によって操作しやすい魔物』に変えられているからだ。

普通の魔物がこんなに操作しやすければ、それこそ色々と使い道がありそうなのだが……それが不可能なことは、前世の時代に研究済みだ。

「……昔の人たちも、こうやって魔物に刺されながら将魔族と戦ったのかな？」

「同じ方法かはともかく、魔力回路をつなげていたことは間違いないだろうな」

俺が思いつく限り、将魔族が討伐された当時の魔法技術で将魔族グラディスの魔物に干渉するには、今のように魔力回路をつなげ、魔力回路ごと乗っ取る方法だけだ。

しかし当時といえば、まだ『人食らう刃』すら開発されていない時代だ。

そんな中で、より精密な制御が必要になる『魔物相手の魔力回路乗っ取り』が簡単に行えるとは思えない。

しかし、魔力制御を簡単にする方法はある。

このように魔物と一部だけで接触するのではなく、もっと直接的に人間と魔物を縫い合わせるような方法だ。

魔力回路の多く通っている部位……例えば心臓などを使って魔物と一体化させれば、魔物の魔力を制御するのはずっと簡単になるだろう。

もちろん、そんな状態にされた人間が、まともに自分の魔力を操作できるわけもない。

それどころか、1日ともたずに死に至ることだろう。

実際には、そういった形で魔物と結合した人間を、さらに外部の魔法戦闘師が魔力操作する……などといった方法で、グラディスの魔物を乗っ取ることに成功したのだろうな。

その魔力操作のための術式を作るのに何十年もかかるのも、当時の魔法技術なら仕方がないだろう。

というか、仮にそういった方法や術式をすぐに作れたとしても、そんなものをすぐに実行に移したいと思う人間はそうそういないはずだ。

たとえ将魔族によって無数の人々が殺されているような状況だとしても、戦いのための生贄(いけにえ)

として人間を使うのと魔族に殺されるのとでは、抵抗感が全く違うだろうしな。

こう考えてみると、今まで俺が読んだ魔法書に、グラディスとの戦いについて全く書かれていなかったのも納得がいく。

人間をまるで魔物操作のための魔道具か何かのように扱う術式など、まず公表できなかったはずだ。

恐らく、方法を考案した者や実際に討伐に関わる者たちの中だけで、極秘事項として扱われていたのだろう。

それに……俺が想像している討伐方法が正しいとすれば、犠牲者は一人や二人では済まないだろうからな。

などと考えているうちに、隕石の落下地点が見えてきた。

「あのへんに降りますね！」

「ああ。頼んだ」

イリスが地面に降り立つと、俺達もイリスの背中から降りた。

俺の肩に爪を刺したままのワイバーンは、俺について降りてくる。

爪が刺さっているところにさえ気付かなければ、飼い主の肩に手を置いて付いてくる、微笑ましい『飼いワイバーン』にでも見えるかもしれないな。

「このワイバーン、自分から付いてくるんだね……」

「ああ。戦わせようと思えば、戦わせることだってできるぞ」

グラディスは凄まじい数の魔物を操っているだけあって、1匹1匹の魔物の操作は比較的簡単にできるようになっていた。

そうでもしないと、あんな数の魔物を扱い切ることなど不可能だろう。

今の状態ですら、多数の魔物を制御しようと思えば、凄まじい魔法制御力が必要になるだろうしな。

グラディスはその問題を、魔力量で強引に解決している。

というか、この魔物たちを魔力で操作可能なようにした将魔族に言わせれば、大量の魔力を使って制御するのが本来の方法なのだろう。

だが人間にはそんなことはできないので、仕方なく魔法制御力で勝負するという訳だ。

「それで……隕石の前まで来ちゃったけど、もしかして、あそこに入るの？」

隕石の落ちた場所にたどり着いたところで、アルマがそう尋ねた。

まあ、移動の方向からして、他の可能性はありえないしな。

「ああ。……だが、入るのは俺一人だけだ。そのあたりで待っていてくれ」

「……つまりボク達はそのままなのに、マティ君だけおじいちゃんになるってこと……？」

「いや……そんな何十年も隕石の近くにいるつもりはないぞ。せいぜい30分くらい老化するだけだな」

などと話していると……『受動探知』が、たくさんの魔物を捉えた。

どうやら敵は俺が視界を乗っ取ったのに気付き、『眼』となる魔物を変えたようだな。

まあ、偽造魔力の流す映像は明らかに不自然なので、気付かれるのは当然だろう。

俺達を倒すまではいいとしても、倒したあとの魔物の動きなどは、どうしても不自然になるからな。

魔物たちの一部は俺達のいる方向に向かって飛んでいるが……俺達の居場所に気付いているという様子ではない。

無数の魔物が全ての方向に散らばった結果、たまたま一部が俺達に向かうような方向に飛んでいると言ったほうが正しいだろう。

見失った俺達をもう一度見つけるために、包囲網を組んでいた魔物たちで捜索網を作ったという訳だ。

このままだと、見つかるのは時間の問題だな。

もう一度『眼』を乗っ取るという手もなくはないが……すでに俺達を見失っている敵に対してそんなことをしてもあまり意味がないので、やめておこう。

視界の乗っ取りによる偽装工作は、あくまで包囲から逃げ出すための、守りの手だ。

反撃に出られる場面では、反撃を優先したい。

「時間がなさそうだ。そこは安全なはずだから、待っていてくれ」

俺はそう言って、ワイバーンを連れたまま隕石に向かって歩く。

すると、周囲の動きが遅くなり始めた。

予想通り重力は小さくなっているが、俺自身が加速しているような自覚はない。

魔力の回復は普段より遅くなっているが、自分自身の動きはほとんど普段どおりだ。

外の魔力の動きを見ると、なんとなく自分がどのくらい加速しているのかは分かるが……今の状態で、だいたい100倍の加速といったところだろうか。

とりあえず、隕石に近付いても自分の体に悪影響を感じていないのは少し安心した。

『理外の術』の塊へと接近する以上、何が起こっても文句は言えない。

なにしろ、人を魔族に変えてしまう『理外の術』すら存在するのだから。

とはいえこの時間加速が人間に何の悪影響もないかというと、話が変わってくる。

単純な疲労という、重要な問題があるからだ。

ここで1時間……つまり３６００秒が経過しても、外では36秒しか経っていない。

つまり、外から見れば俺は、たった36秒で1時間分の疲れと魔力消費を背負ったことになるのだ。

隕石にさらに近付けば、時間の加速はさらに進み、一瞬で1時間分の疲れを背負うことになるはずだ。

イリスがここに来ようものなら、食料の消費ペースも普段の１００倍になってしまうので、食糧問題が勃発することになるだろう。

一応、疲れを回復するという意味では、隕石のすぐ近くで寝るという方法がなくもない。

時間が1万倍に加速している場所まで行けば、外での時間に換算してたった０．３６秒で１時間分の睡眠を取れるのだから、その間に寝首をかかれる心配はほぼないだろう。

とはいえ基本的には取りたくない手段だ。

寝返りで数十センチ位置がずれただけで時間の流れが変わってしまうし、『理外の術』に何らかの俺が知らない効果があったら、寝ている間にその影響を受けてしまうからな。

魔法が相手なら、魔法理論さえ理解していれば、次に何が起こるのかは分かる。

しかし『理外の術』が相手では、やってみるまで何が起こるのか分からないのだ。

今回ルリイ達に隕石から離れた場所で待っていてもらうのも、それが主な理由だ。


などと考えていたのだが、予想と違った事が起こった。

ルリイたち3人の動きが、あまり遅くなっていないのだ。

俺の10分の1くらいの速さで……こちらに向かって歩いてきている。


3人の動きは、段々と速くなっているようだ。

隕石に近付くにつれて、時間加速の効果がルリイ達にも働いているようだ。

俺からはゆっくりに見えるが、恐らくルリイ達も外の世界から見たら10倍速で動いているように見えるだろう。


「あっ、やっとマティ君が普通の速さになりました！」

「時間が速いって言ってたけど……なんか、思ったより普通だね」

「なんか、ちょっと面白いです！」

結局3人は、俺の目の前までやってきた。

微妙に動きが遅いように見えるのは、数メートルの距離でもわずかに時間の流れが違うからだろう。

逆に俺より少し隕石に近いところまで行ったイリスは、普段より少し動きが速いように見える。

「何が起こるか分からないから、外で待っててほしかったんだが……」

「マティくんがそんな場所に行くなら、私も行きます！」

「どうせ敵地みたいな場所だから、外にいても何が起こるか分からないしね」

どうやら、何が起こるか分からないのを承知で来てくれたようだ。

そのことは嬉しいが、隕石のせいで何か危険なことが起こらないことを祈る必要が増えてしまったな。

まあ、グラディスの討伐に失敗すれば、隕石とは関係のないところで死ぬことになるのだが。

「それで……隕石に近付いて、何をするの？」

「敵の魔物を操って、グラディスにけしかけるんだ。……魔物さえ乗っ取ってしまえば、グラディスはただの魔力が多い魔族だからな」

敵が操る魔物を逆に乗っ取って、敵を自滅させる。

沢山の強い魔物を使役する敵が現れれば、真っ先に思いつく対処だろう。

敵を乗っ取るには魔物にしか扱えない波長の魔力が必要だが、今の俺にはワイバーンがいる。

俺の代わりに、その魔力を扱ってもらおうというわけだ。

「さあ……頼んだぞ」

俺はそう言って、ワイバーンの魔力回路に干渉する。

ワイバーンの魔力回路は、俺が指示した通りに、グラディスの魔物制御用魔力の偽物を放出し始めた。

とはいえ、グラディスと同じような魔力を使ったのでは、魔力量の差で上書きされるだけだ。

そこで俺は、グラディスの命令のほとんどはそのまま通し、ごく一部だけを上書きするような形を取った。


例えば飛行の命令が出ている場合、その速度や飛行中の行動などに関する命令には触らず、方向に関する命令をわずかに歪(ゆが)めるように、魔力を干渉させる。

こうすることによって、ほとんど魔力を使わずに、魔物の動きを乗っ取れるというわけだ。

欠点は、相手の発する魔力を分析して的確に妨害を行う必要があることだが、ともかく魔力量で押し潰(つぶ)されるようなことは防げる。


もちろん、グラディスもこういった妨害が来ることは想定していただろう。

魔物にしか使えない波長の魔力によって通信を行っていたのが、その証拠だ。

だが、こうしてワイバーンを魔力発振器代わりに使えば、その防御を突破できる。

もちろん、大量の魔物を操るためには、その分だけ魔法制御力が必要になるのだが。

そこで隕石の出番だ。

この『理外の術』は時間を加速してくれるため、体の動きはもちろんのこと、思考や魔力制御の速度も同時に加速することになる。

つまり時間が１００倍に加速されている空間から外に干渉すれば、敵の１００倍の速度で思考し、１００倍の魔力制御力を得ることができるのだ。

もちろん魔力消費量も１００倍になる上、魔力回復はしないのだが……魔力が尽きる前に勝負をつければいい話だろう。

自分で直接的に攻撃魔法を仕掛けるのと比べれば、魔力消費量などゼロ同然だからな。

俺は受動探知を使い、周囲の魔力を観察する。

隕石に近付いてから、外の時間はほとんど経過していないが……それでも魔物たちはこちらに向かってきていた。

それが今はほぼ直角に軌道を変えている。

「魔物の向きが変わったな」

「なんか、すごいゆっくりだね……」

「時間の流れが違うって、不思議な感じですね……」

アルマとルリイが受動探知を使いながら、そう呟く。
魔物自体はそれなりに速いのだが、外は時間の流れが100分の1なので、すごくゆっくり動いているように見える。

俺が魔物たちに出したのは、グラディスのほうに行けという命令だ。
実際にはもう少し複雑な命令なのだが、グラディス自身が魔物に出した命令と合わさって、結果的に魔物たちはグラディスの場所へと向かうようになっている。
膨大な魔力量のおかげでグラディスの場所は非常に分かりやすいので、逃げられても位置を特定するのは簡単だ。

「なんか、取り残されてる魔物がいるみたいだけど……あれは頑張って抵抗してるってことなのかな？」

「いや、あれはわざと残ってもらっているんだ。……俺の命令を中継するためにな」

魔物が発する魔力は遠くまで届くため、グラディスが魔の森の中にいる限り、グラディスの間近にいる魔物にだってワイバーンの魔力を伝えることはできるだろう。

だが、遠くに届くような魔力はそれが来た方向も分かりやすいので、その方向からの魔力を遮断するような手を使われれば制御がとけてしまう。

その上、魔力が飛んでくる方向を見て、逆に俺達自身を襲撃される可能性だってある。

乗っ取りを行っている場所がバレてしまうと、色々と対処のしようはあるわけだ。

そこで俺は、乗っ取った魔物に俺の命令を中継させて、群れ全体に広げてもらうことにしたというわけだ。

こうすれば敵が魔力源を探しても中継用の魔物が見つかるだけだし、中継用の魔物は無数にいるので何体か潰されたところで問題がない。

大元をたどろうとしても、魔物同士の魔力網が複雑に絡み合っているため、俺自身がいる場所を特定するのは至難の業だろう。

などと考えながら俺は、肩に刺さったワイバーンの爪を抜いて、回復魔法を使う。
ようやく、この巨大なお荷物とお別れできた。

「……それって、もう外しても大丈夫なの？」

「ああ。もう刺さってなくても指示を出せるようになったからな」

将魔族の魔物制御は、基本的には将魔族特有の専用魔力回路がなければ使えないものだ。
魔法初心者のイリスが使える『竜の息吹』も、人間が使おうとすると苦労するのと似たようなものだろう。

一応、『竜の息吹』は大量の魔力と魔法制御力があれば再現できなくもないので、魔物制御のほうが難しいともいえる。

しかし、その点を除けば、将魔族の力は『量は多いが制御の甘い魔力』でしかない。
制御の横取りに弱いという点も同じだ。
最初の乗っ取りの確立には魔力回路をつなげる必要があったが、一度しっかりとした乗っ取りの態勢さえ作ってしまえば、あとは遠隔でも乗っ取れる。

などと考えているうちに、乗っ取った魔物の一部がグラディスのもとにたどり着いたようだ。

俺が前にグラディスを見つけた場所から、50キロほど離れた場所だな。

「敵が見つかったみたいだ。……とりあえず、攻撃を仕掛けてみよう」

俺はそう言って、魔物の群れをそのまま突っ込ませた。

すでに受動探知は届かない場所だが、グラディスと同じ方法で乗っ取った魔物の視界を借りているため、グラディスが驚いている様子がよく分かる。

グラディスの声は、遅い上に低すぎて聞き取れない。

速度が100分の1になっているのだから、仕方がないだろう。

俺は簡易的な情報解析魔法を発動して、グラディスの言葉を分析する。

速度をただ100倍にするだけなので、ほとんど魔力消費は不要だ。

「これは……魔物の裏切りか！」

グラディスは、自分に向かって突っ込んでくる無数の魔物を見ながら、そう叫んだようだ。

そして……グラディスは大量の魔力を込めて、炎魔法を放った。


膨大な量の魔力によって、魔物の群れは焼き払われていく。

俺が『眼』として使っていた魔物も焼かれてしまったが、少し離れた場所の魔物に『眼』を切り替えたので、周囲の状況は確認できる。


俺はすでに、グラディスの周囲数十キロの範囲にわたって、乗っ取った魔物での魔力中継網を作り終えた。

これで、いくら魔物が倒されようとも、それこそ敵が周囲数十キロの範囲にいる魔物を全て焼き払いでもしない限りは、乗っ取りを維持できる。


グラディスの周囲には以前と同じように、動かない魔物による警備網が展開されていた。

しかし、それも意味はない。

魔力一つで、警備網にある魔物すら乗っ取れてしまうからだ。

「……魔物を裏切らせる魔法、まだ存在していたとはな……」

魔物の第一陣を焼き払ったあとで、グラディスがそう呟く。

『まだ』存在したという言い方なので、やはり昔もこういった魔法があったのだな。

などと考えつつ俺は、到着した魔物をまたグラディスに突っ込ませていく。

どうせ焼き払われてしまうだろうが、敵の魔物を敵の魔力で焼き払われるだけなので、俺にとっては同士討ちのようなものだ。

それこそ魔大陸から魔物が1匹もいなくなるまで、同じことを繰り返してもいいくらいだな。

まあ、実際にそこまでしようと思うと、恐らく俺の魔力がもたないだろう。

とりあえず、敵が魔物を信用するのをやめてくれれば、それで目的はある程度達成できる。

「これほどの数の魔物を……一体何人の生贄を用意したのだ？」

次々に突っ込んでくる魔物を見ながら、グラディスが笑みを見せる。

やはりグラディスが討伐された当時には、多くの人間を魔物と接続させて魔物を操作していたみたいだな。

『生贄』という言い方も、間違いではないだろう。

その当時と同じ状況にありながら笑うというのは気味が悪いが……もしかしたら、生贄にされている人間のことでも想像したのかもしれない。

実際には、生贄など一人も存在しないのだが。

まあ、魔族の気持ちなど考えても仕方がないな。

当時の魔法戦闘師たちは、一人で多くの魔物を操れるほどの魔法制御力は持っていなかったはずだ。

その上、時間を100倍に加速してくれる隕石があるわけでもないので、100倍の魔法制御力を発揮しようと思えば100人の犠牲が必要となる。

そういった方法で、当時の人々はグラディスを倒したのだろう。

このあたりの事情は、俺もすでに予想がついていた。

だからこそ俺は、無駄に多くの魔物を突撃させているのだ。

そうすれば、グラディスを倒そうとしている誰(だれ)かが、膨大な数の人間を生贄にしてでも奴(やつ)を倒そうとしていると思わせられるからな。

半端な数だと、まだ魔物が使えるかもしれないという希望を持たせてしまう。


そして……今ので確信が持てた。

敵は時間を加速させる『理外の術』には気付いていないようだ。

もちろん、そう思わせるためのミスリードという可能性もゼロではないが……この隕石の場所に気付いていたら、今までの動きももう少し違ったものになったはずなので、まず間違いはないだろう。


まあ、当然ともいえる。

俺だって相手が時間を加速しているなんて想像しないからな。

理外の術は、理屈の外にあるから『理外の術』などと呼ばれているのだ。


そう考えつつ俺は、とりあえずグラディスの周りに集まった魔族を片っ端から突っ込ませていく。

それに対してグラディスは、次々と炎魔法で魔物を焼き払っていくが……魔力が減っている様子が全くないあたり、やはり化け物だな。

魔力を削り切る方向性の戦いを挑もうとしても、こちらの魔力が尽きるほうが先だろう。


などと考えていると、グラディスの魔力の動きが変わった。

グラディスが魔物たちに出している指示が変わったのだ。


俺は魔力の情報を解析して、グラディスが魔物たちに出した命令を調べる。

出た結果は……『とにかく離れろ』というものだった。

どうやらグラディスは、魔物による防衛網を諦(あきら)めたようだ。


それと同時に、魔物の制御も難しくなった。

グラディスが出している命令が単純すぎて、ねじ曲げようがないのだ。


これでは正面からグラディスとは違う命令をぶつける方法でもなければ制御を乗っ取れないが、それでは魔力消費が多くなってしまう。

大量の魔物を同時に操るのは、そろそろ限界だな。

魔物を使う気がないグラディスに、魔物の乗っ取りは仕掛けられない。

「……グラディスは魔物を使った戦いを諦めたみたいだ。ここからは直接戦うしかないな」

俺はごく一部……中継地点となる魔物以外の制御を手放して、ルリイ達にそう告げた。

一部を残しておくのは、後でグラディスがもう一度魔物を使おうとしたときに、すぐに制御を妨害するためだ。

もちろん隕石の近くから出てしまえば、今ほどの魔法制御力は発揮できないが……それでも、ある程度は制御できるからな。

「あ、あの魔力を持ってる化け物と、直接戦うんですね……」

「……意外と、直接戦闘はそこまで強くないかもしれないけどな」

「そうなんですか？」

「あそこまでの魔物操作能力を持っていると、逆に通常の戦闘は経験が少ない可能性も高い。……魔力量とかは間違いなく多いが、完全に活かし切れてはいないだろうな」

俺はそう言いながら、隕石から遠ざかるように歩く。

すると周囲の時間の進行が、もとの速さに戻った。

現象として理解はしていても、やはり時間の流れが変わるのは不思議な気分だ。

「ルリイ、９０１番の矢を1本だけ用意しておいてくれ。他の矢は自分の判断で用意してほしい」

グラディスに向かって進みながら、俺はルリイに矢の種類を告げた。

戦闘中に急に必要になった場合などに備えて、使う可能性の高い矢は一通り番号をつけている。

だが、その中でも９０１番は、少し特殊な矢だ。

「９０１番……分かりました！　矢の種類が決まってるってことは、作戦が立ったんですね」

「ああ。魔物をけしかけて、敵の戦い方が少しは見られたからな」

魔法戦闘師というものは、敵が魔法を使う様子を見るだけで、ある程度は敵の戦闘スタイルなどが分かるものだ。

特に、体内の魔力の動きなどで、魔法制御力やよく使う魔法の傾向などが分かる。

グラディスは恐らく、普通の魔法を膨大な魔力量に任せて超強化するような戦闘スタイルだ。

普通の人間が使えば小さな火の玉が出る程度の魔法も、グラディスの手にかかれば『竜の息吹』を彷彿とさせるような威力になってしまう。

それだけの威力がありながら、術式構成自体は非常に単純なので、発動速度は速い……まあ、対魔物戦闘などでは無敵と言っていいようなスタイルだな。

反面、対人戦で使われるような小細工はあまり得意としていないように見える。

適当に魔法を放つだけで敵が吹き飛んでいくのだから、ちまちま小細工などしていられないのだろう。

「今回は俺が前衛をやる。イリスはドラゴンの姿で、アルマとルリイを乗せて飛び回ってくれ」

こういったスタイルの敵だと、普段のようにイリスを前衛にするわけにはいかない。

イリスは文字通り人間離れした頑丈さとパワーを持つ、最強の前衛と言ってもいいような存在だが……逆に『イリスをさらに超える力技』が相手だと、その力の差をひっくり返すような戦い方は難しいのだ。

その点、無尽蔵の魔力とそれに支えられたパワーを持つグラディスは、イリスにとって相性が最悪の敵といえる。

「了解です！」

そう答えた後で、イリスは少し考え込む。
そして、少し不安そうに尋ねた。

「そういえば、ワタシは魔物なのに、グラディスに操られないんですか？」

「……いくら何でも、高位のドラゴンは操れないと思うぞ」

俺はワイバーンを乗っ取るときに、内部の魔力回路の様子なども詳しく調べたが……グラディスが魔物を操るためにしていた細工は、意識を乗っ取るタイプの寄生型魔物と似たようなものだった。
膨大な魔力と特殊な魔力回路によって、寄生型魔物が魔物を操る時の状況を再現していたような感じだ。

そして、高位のドラゴンの意識を乗っ取れる寄生型魔物など、俺が知る限りは存在しない。

もしそんなものが存在するなら、世界最強の魔物はその寄生型魔物だということになってしまう。

イリスが敵に操られる可能性は、まず心配しないでいいだろう。

「どちらかというと、魔法のほうを警戒したほうがいいな。敵から最低1キロは距離を取るようにしてくれ」

「1キロ……そんなに遠くにいたら、攻撃できないですけど……矢ってそんなに届かないですよね？」

「えっと、頑張れば届くと思う！」

イリスの言葉に、アルマはそう答えた。

実際のところ、障害物がない空から1キロ程度の距離であれば、アルマはそう苦労せずに矢を届かせることができるだろう。

「ってことは……もしアルマの恨みを買ったら、１キロ先から……」

「イリスなら当たっても大丈夫だと思うよ」

「じゃあ大丈夫ですね！」

……恨みを買う予定でもあるのだろうか？

ちなみに、ルリイの協力があれば、『イリスが当たっても大丈夫ではない矢』は作ることができる。

しかし、そのことは黙っておいたほうが、イリスの心の安寧を妨げずに済みそうだ。

イリスは、あまり人の恨みを買うようなことはしないからな。

もしイリスがアルマの分の食料をくすねようとしていたりしたら、そのことを教えるべきかもしれないが。

第四章

chapter 4

それから少し後。

俺達はドラゴンの姿のイリスに乗って、将魔族グラディスから数キロの地点までやってきていた。

グラディスはすでに俺達の接近に気付いているはずだが、特に動く様子はない。

ただ一箇所にとどまって、襲撃を待っているような状況だ。

前回は俺達の接近に気付くなり、全力飛翔で逃げ出した敵だが……防衛網なしでの『全力飛翔』は危険だという判断だろうな。

もしかしたら昔、移動中に罠にかけられたようなことがあったのかもしれない。

人類が討伐に何十年もかけたということは、それだけ長い間、人類との戦いを経験しているということだろうからな。

その結果があの魔物による防衛網であり、動かずに俺達を待つ姿勢なのだろう。

結果的に何もしないのが、一番罠にかけられにくいというわけだ。

「俺はここで降りる。俺が剣を抜くまでは、この距離で待機してくれ」

「了解です！」

俺はイリスの言葉を聞いて、地面へと飛び降りた。

そして、走って敵までの距離を詰める。

そして俺と敵の間の距離が1キロを切ったところで……グラディスの魔力が動いた。

次の瞬間、巨大な炎の壁が、俺に向かって迫ってきた。

単純な術式だからこそ発動が速く、回避しようにも避けるスペースがない……魔力量を活かした戦術だな。

大量の魔物を焼き払うのに使っていたのと同じ魔法だ。

イリスがまともに魔法を扱えるようになったら、まず覚えてもらうのはこういった魔法かもしれない。

魔物相手では、こういった魔法は素晴らしい効果を発揮するからな。

しかし、魔法戦闘師を相手に使うような魔法ではない。

俺は炎を無視して、そのまま走り続けた。

当然のごとく炎に包まれることになるが……俺には何の影響もない。

それどころか、魔力すら消費していない。

自分に触れる部分の炎の制御を奪い取り、その魔力を使って断熱魔法を発動させているのだ。

結局のところ、量が多いだけで制御の甘い魔力というのは、魔法戦闘師にとっては脅威にならない。

このあたりはグラディスが討伐された当時でも使われていた技術だと思うが……時代が違うので、とりあえずやってみたというところだろうか。

などと考えていると、今度は敵の手元が輝いた。

俺はそれを見ながら、半歩横に跳ぶ。

すると、直前まで俺がいた場所を、光が貫いていった。


これは……『雷光』という、昔の魔法戦闘師が使っていた魔法だな。

威力はそこまで高くないが、発動してからでは避けることすら困難なほどの速さを持つ、対人戦用の魔法だ。

先程の炎魔法などと違い、制御を奪うこともできない。


しかし、この魔法は古い。

俺が生まれた時代ですら、改良版の『射光』という魔法によって取って代わられ、魔法史に詳しい者でもなければ知らなかったような魔法だ。


この魔法が古くなった理由は、術式の構築開始と同時に軌道が決まってしまい、少し動くだけで簡単に避けられてしまうからだ。

敵の術式が読める人間なら軌道を完全に読めるし、そうでなくとも狙われそうな軌道を外して動くだけで、当たる確率をかなり下げることができる。

改良版の『射光』は発動直前で軌道を決められるので少し対処は難しくなるのだが、グラディスの時代にはまだ作られていなかった魔法なのだろう。

俺はそのまま距離を詰めていくが、３発目の魔法は飛んでこなかった。

どうやら、手持ちの魔法が効果を発揮しないことは理解したようだ。


魔法の射程が極端に短い失格紋を持つ俺は、必然的に近距離で戦うことになる。

強固な魔法的防御に対する切り札となる『理外の剣』も、至近距離でなければ使えない武器だ。

だから、あっさり距離を詰めさせてくれるのはありがたいとも言える。


しかし、距離を詰めたほうが戦いやすいのは、敵も同じだ。

イリスなどが分かりやすい例だが、近距離戦は圧倒的なパワーと頑丈さがあれば、ある程度の技術の差はひっくり返せてしまう。

防御魔法なども凄まじい力で押し潰してしまえば関係がないし、魔法も遠距離魔法と比べれば、制御を維持しやすいからだ。


俺はグラディスの数十メートル手前で立ち止まり、剣を抜いた。

『理外の剣』ではなく、ルリイが作った剣だ。

すると、遠くで旋回していたイリスが、俺達の方へと方向転換した。

「たった一人……いや三人と一匹か。戦える魔法使いどもは生贄（いけにえ）の管理で忙しいのか？」

イリスが配置につくのを待っていると、グラディスが口を開いた。

グラディスは攻撃を仕掛けてこないが……代わりに、ごく短射程の攻撃魔法を構築し、いつでも発動できる状態を維持しているようだ。

失格紋を持つ俺はどうせ距離を詰めてくるので、絶対に外さない状況で仕留めたいというわけだろう。

先制攻撃を避けて距離を詰めるのは、失格紋が一番よく使う戦闘パターンの一つだからな。

それでも戦闘技術や読み合いが互角なら、先制攻撃で敵の行動を制限したほうが有利だ。

遠距離では戦えない失格紋を相手に、わざわざ距離が詰まるのを待つ義理はないからな。

しかし、技術で劣っている場合には、先制攻撃がただ隙を作るだけになってしまいかねない。

あえて攻撃を仕掛けないというのは……自分が人間に比べて、戦闘技術では劣っているということを理解しているのだろう。

自信過剰な敵なら対策が立てやすいのだが……こういった用心深さも、数多くいた将魔族の中でグラディスだけが最後まで生き残った理由かもしれないな。

「最近の魔法技術があれば、俺達だけで十分だ」

グラディスの言葉に、俺はそう答える。

もちろん、最近のこの世界の魔法技術は、一部の例外を除けばグラディスのいた時代よりさらに数百年遅れているのだが……技術のレベルなどは、敵には隠すのが基本だからな。

「……魔法技術か。その割には、ずいぶんと貧相な魔力のようだな」

「魔力量で勝負する時代は、何百年も前に終わったからな」

これも嘘(うそ)だ。

魔力量など、多いほうがいいに決まっている。

しかし魔力量を伸ばすには時間がかかるため、今の俺はまだ少ないというだけだ。

イリスの様子を見ながら俺は、グラディスの鎧を観察する。
魔族には珍しいことに、グラディスは鎧を着ているのだ。
それも、顔から手先まで隠すような全身鎧を。

この鎧は……俺も実物は初めて見るな。
ものすごく古い……俺の前世の時代から見ても、骨董品と言われるほど古い魔法が刻まれているようだ。

刻まれている魔法は、持ち主の魔力を吸い取って、耐久力を強化するもの。
似たようなものは以前にも見たことがあるが、魔力の消費量が桁違いだな。
それこそ、普通の魔族ですら魔力を吸い付くされて自滅するほどの魔力消費量だ。

しかし……この鎧を作ったのは、恐らく人間だな。
刻まれている魔法陣に含まれる魔力からは、人間らしさが感じられる。
恐らく、当時も実験か何かで作られて、実用化はされなかったような代物だろう。

魔力消費が多いだけあって、魔法による防御はかなり強力なようだ。

こういった魔道具は魔力消費と強度のバランスを取るのが難しいのだが、最初からバランスを取ることは放棄して、強化だけに特化した印象だな。

魔物を使って襲撃した時には、まだ鎧を着てはいなかった。

恐らく鎧は全力飛翔の邪魔になるため、魔物による防衛網と全力飛翔を捨てた今のような場面でだけ使おうということだろう。

封印から復活したばかりのグラディスが、なぜこんなものを持っているのかは少し気になるところだが……恐らく、収納魔法にでも入っていたのだろう。

正直なところ、この魔道具だけならいくらでも対策のしようがある。

だが、この鎧は、俺にとって最も使ってほしくなかった魔道具のうち一つだ。

強化魔法がどうとかではなく、『破壊しにくい金属製の鎧』というのは、俺と非常に相性が悪い。

基本的に、このクラスの魔族を相手に致命傷を与えようと思うと、『理外の術』に頼るのが一番手っ取り早い手段だ。

他にも『特殊魔力エンチャント』などといった強化魔法で威力を稼ぐ手はあるが、ここまでの魔力を持つ魔族が相手だと難しい。

魔族の頑丈さは、魔力量に比例するからだ。


そう考えつつ俺は、剣に『強靭化（きょうじん）』などの防御系魔法を重ねがけした。

攻撃系の付与は使わず、剣の強度と防御にだけ特化させる。

多少の攻撃系魔法があったところで、グラディス相手では意味がないからだ。


「初めて見る魔法だな……」


グラディスは興味深げに、魔法を観察している。

だが、仮にグラディスが真面目（まじめ）に魔法学を勉強していたとしても、魔法の効果を理解することはできなかっただろう。

俺の時代では基本的な魔法だった『強靭化』なども、グラディスの時代の魔法理論では説明のつかない代物だろうからな。


そして俺は、グラディスに向かって踏み込んだ。

敵との距離が5メートルを切ったところで、グラディスが展開していた攻撃魔法が次々と俺に向かって放たれる。

だが……俺が魔力を放つと、それらの魔法は全て消滅した。

「なっ……」

グラディスが使ったのは、古い時代の炎魔法や雷魔法だが、魔法的妨害に弱い。

遠距離での発動ならともかく、術式自体が目の前にある状況なら、弱点に魔力を打ち込むだけで簡単に発動を止められてしまう。

封印当時なら問題にならなかったのだろうが、今使っても無意味だ。

「古い魔法は対策済みというわけか！」

そう言ってグラディスは剣を抜く。

これも古い時代の剣だが……なかなか厄介だな。

グラディスが抜いた剣は、アダマンタイト合金でできていた。

魔法的な強化が発達する前の時代の、純粋な材料としての強度で勝負するタイプのアダマンタイト合金だ。

俺の時代のアダマンタイト合金に比べれば、強化魔法などとの親和性ははるかに低いのだが……代わりに、強化魔法なしでも頑丈だという利点がある。


そんな剣が、俺の剣とぶつかり合う。


……強い。

技術がどうとかではなく、単純なパワーが桁違いだ。

魔力量である程度の見当はついていたが、全く抵抗できる気がしない。

イリス相手なら身体強化で一瞬くらいは力を均衡させられるかもしれないが、これは無理だ。

最上級魔族をさらに超える存在というだけのことはあるな。

昔の魔法技術でこれの封印に成功したということ自体が、少し驚きだ。

方法自体は見当がつかなくもないが、どれほどの犠牲と努力を要したことだろう。

そんな将魔族の攻撃であっても、受け流すことはできる。
俺は敵の力に逆らわず、少しだけ攻撃をそらし、できた隙間に潜り込んだ。
そして、剣を鎧に突き込む。
剣は鎧に当たって、あっさり弾かれた。
やはり魔力を大量に消費する鎧というだけあって、とても頑丈なようだ。
「ふむ……攻撃をすり抜ける魔法か?」
グラディスは、不思議そうな顔で自分の剣を見る。
今のは魔法ではなくただの剣術なのだが、グラディスには魔法に見えたようだ。
などと考えていると、1本の矢がグラディスに向かって飛んでくるのが見えた。
矢は俺達の100メートルほど手前で、急に輝きを放ち始める。
「……むっ⁉」

グラディスは矢に対して警戒の様子を見せたが、遅かった。

光とともに、矢は俺でも目で追うのが難しいほどに加速したからだ。

あまりに急な矢の動きに、グラディスは反応できない。

そして矢は、グラディスの鎧の隙間……関節の部分に突き刺さった。


今のは有線誘導エンチャントをあえて途中で切り、残った魔力を加速力と貫通力だけに費やす魔法……『終末加速エンチャント』だ。

有線誘導エンチャントに比べると命中精度は落ちるが、代わりに速度が上がるので避けにくくなり、命中時の威力も上がるという効果がある。


さらに矢自体も、加速力と貫通力を高めるようなエンチャントが施されているようだ。

この矢を作ったのはルリイの判断だろうが……なかなかいい選択だな。

とにかく頑丈な相手に向かって使うなら、まずはこういった矢からになるだろう。

矢というのはごく狭い範囲に威力を集中させられるため、貫通力という点では剣とは比べ物にならない。

その上、剣と違って壊れることを警戒しなくていいので、魔法付与を全て攻撃に回せる。

終末加速エンチャントと貫通力特化の付与魔法を組み合わせた矢は、この世界で最も鋭い武器と言ってもいいだろう。

そして、硬い鎧を持つ相手に対して、鎧の隙間を狙うというのは、戦闘の基本中の基本だ。

狭い隙間を狙うのは普通に攻撃を当てるより何百倍も難しいが、成功すれば鎧を無視して攻撃を通せる。

鎧を使う者にとって、鎧の隙間というのは最も警戒しなくてはならない弱点なのだ。

そのはずなのだが……相手がグラディスの場合は、そうもいかないようだ。

「……弓矢もずいぶんと発達したようだが、軽いな」

そう言ってグラディスは、鎧の間に刺さった矢を引き抜く。

矢尻はアダマンタイト合金製だが、命中の衝撃で完全に砕けていた。

矢がグラディスに傷をつけた様子はない。

矢は刺さったというより、鎧の間に挟まったと言ったほうが正しい表現だろう。

もはや鎧より、鎧を着ている本人のほうが頑丈な状況だ。


普通なら鎧など必要ないと思うはずの状況だが、それでも鎧を着ているのは……封印された時に、何かあったのかもしれないな。

魔族専用の対策魔法などの場合、魔法的な鎧であれば防げるようなケースもあるので、封印前の教訓から鎧を身につけるようになったのかもしれない。


いずれにしろ、迷惑な話だ。

古代の鍛冶（かじ）師はこの鎧をかなり精巧に作ったようで、細い矢程度ならともかく、剣を差し込めるほどの隙間はない。


当時の技術レベルを考えると、それこそ国で一番の鍛冶師が本気で作ったような代物だな。

もしかしたら将魔族対策用として、短時間で魔力を使い果たして死ぬことを覚悟で、短時間限定の耐久力を得るために作られたような鎧だったのかもしれない。

だとしたら、それが魔族に使われているのは皮肉な話だな。

などと考えていると、また1本の矢が光を放ち、猛烈な加速でグラディスに突き刺さった。

今度は加速力重視ではなく『魔毒』を付与された矢のようだな。


頑丈で貫けない相手に対して『魔毒』というのは、いい選択だ。

だが『魔毒』は効果を発揮するまでに、それなりの量を蓄積させる必要がある。

問題は……グラディスが相手だと、必要な量が非現実的なまでに多くなってしまうということだ。


効果を発揮するまでに必要な『魔毒』の量は、敵の魔力量に依存する。

莫大な魔力を持つ将魔族を相手に『魔毒』を効かせようと思えば、王国中の魔石という魔石に『魔毒』を付与してグラディスに当てる必要があるだろう。


とはいえ、ルリイもそんなことは分かっている。

分かった上で、作戦の一貫として『魔毒』を撃ち込んでいるのだ。

こういった矢で倒せるような相手なら、そもそも苦労はしないからな。


アルマの矢は次々と飛来し、『終末加速エンチャント』でグラディスの反応を超えて関節に刺さっていく。

それらは炎魔法や氷魔法、雷魔法など……様々な付与魔法が施されていた。

だが、いずれも効果はなかった。


「……まず羽虫から落としておくか」


グラディスはそう言って、炎魔法を発動する。

だが、その魔法は俺ではなく、イリスに向いていた。

1キロも先にいるイリスを、この場から動かずに焼き払うつもりなのだ。


この魔法は、そこまで簡単に破壊できるようなものではない。

術式を構成する魔力が多すぎる上に、原始的すぎる術式のため逆に弱点が少ないのだ。

破壊しようと思えば、かなり大量の魔力を消費するか、『理外の剣』を抜く必要があるだろう。


しばらく前の俺だったら、そのどちらかの手段で発動を止めただろうな。

それ以前に、この戦いにルリイ達が参加すること自体を止めたかもしれない。

だが……今はその必要はない。

巨大な炎が、イリスに向かって飛んでいく。

イリスはそれを避け切れず、背中に乗ったルリイ達ごと、炎に包まれた。


1キロもの距離を取っているのにもかかわらず、魔法を届かせるというのは驚きだ。

だが……炎が晴れると、そこには無傷のイリスがいた。

背中に乗っていたルリイ達も、全く被害を受けた様子がない。


それどころか、反撃の矢が『終末加速エンチャント』を発動し、グラディスに突き刺さった。

敵の炎は、アルマに攻撃の手を止めさせることすらできなかったのだ。


当然だ。

あの程度の魔法が、あの3人に効くわけがない。


まず、イリスが無事なのは当然だろう。

魔素融合炉の暴走に巻き込まれても死なないような暗黒竜が、あんな炎を嫌がる訳もない。

やろうと思えば溶岩の中を泳ぐことくらいはできてしまうのが高位のドラゴンというものな

ので、威力の分散する広範囲の炎魔法などで焼こうとする事自体が間違いだ。

そしてルリイは、あの程度の魔法が相手であれば、すぐさま防御用の魔道具を作って発動できる。

1キロ先に魔法が届くまでの数秒は、ルリイが対処を完了させるのに十分すぎる時間だ。

ルリイの魔道具によって守られるアルマは、防御のことを考える必要すらなく、攻撃を続けることができる。


「……忌々しい羽虫め……」


そう言ってグラディスは『雷光』や別種の炎魔法を発動するが、いずれもルリイによって弾かれた。

遠距離狙撃魔法で高い威力を発揮するには、それなりに発展した魔法技術が必要だ。

グラディスの時代の魔法では、ルリイの守りを突破できないだろう。

だからこそ、俺はイリスに1キロの距離を取るよう指示したのだ。

などと考えていると、グラディスは一瞬だけ翼に魔力を込めた。

魔族の飛行の前兆だ。

そのタイミングを見計らって、俺はグラディスの足を剣で払った。

敵に傷をつけるのは難しくても、魔法によって飛行のバランスを崩すのは簡単だ。

俺が目の前にいる限り、飛行でイリスを追いかけることはできない。

「面倒な……時間稼ぎのつもりか？」

そう言ってグラディスは、剣に魔力を込めながら何度も俺を斬ろうとし、さらに攻撃魔法を発動しようとした。

だが、俺はその全てを受け流し、攻撃魔法は消滅させた。

こういった古い対人用魔法は、やはり術式が壊しやすい。

かといってイリス相手に使ったような魔法は発動までのタイムラグが長いので、簡単に避けられてしまう。

結局のところ、いくら大量に魔力があろうとも、それを有効に使える魔法技術がなければ対人戦では役に立たないのだ。

まともに当たりさえすれば一撃で俺を殺せる魔法であっても、一撃も当たらないのだから意味がない。

俺とは全く真逆の状況だな。

グラディスに攻撃を当てるのは簡単だが、いくら当ててもグラディスの防御は突破できない。

結果として、どちらも決着をつけることができず、膠着状態になるというわけだ。

だが、グラディスに焦りは見えない。

恐らくグラディスからしたら、この膠着状態は悪くないのだろう。

なにしろグラディスの魔力量は事実上無限大だが、俺の魔力は有限だ。

長期戦になれば、先に潰れるのは俺のほうだというわけだ。

それに……グラディスは俺達が魔物の制御を乗っ取るのに、生贄が必要だと思いこんでいる。

つまり戦いが長引けば生贄がもたず、魔物の制御を奪い返せるというわけだ。

実際のところ、俺は『理外の術』による補助がなければグラディスの魔物全ての制御を奪い切るのは不可能なので、今グラディスが魔物を呼び戻すだけでも面倒なことになる。
そうならないように、あらかじめ大量の魔物を惜しげもなくグラディスに突っ込ませて『魔物はいくらでも制御できるぞ』というところを見せていたのだ。
当時の『生贄による魔物制御』が何時間もつのかは分からないが……その時間の分くらいは魔物なしで戦ってくれるだろうからな。

などと考えていると、グラディスが口を開いた。

「いくらやっても無駄だ。……我を傷つけるには、やはり生贄を使う必要があるのではないか？」

珍しいことに、グラディスがアドバイスをくれた。
人間に対して敵意以外の感情を持たないはずの魔族がアドバイスをくれるというのは、前世を含めても二度目の経験だな。
一度目はレイタス……『理外の術』の副作用で魔族になりかけた人間とでも言うべき存在が相手だったので、純粋な魔族という意味では初めての経験だ。

恐らく彼のアドバイスは、グラディスが封印された時代としては的はずれなものではないだろう。

グラディスの体力を削るのにも、封印を行うのにも、沢山の生贄を使ったことは想像に難くない。

魔法技術の発達していない時代に、手っ取り早く身の丈以上の魔法を使おうと思ったら、自分たちの命を犠牲にするような手が必要になることが多いからな。

「戦闘のアドバイスをくれる魔族は初めて見るな。……何のつもりだ？」

人間の場合、戦闘の相手にアドバイスをするというのは、そこまで珍しいものではない。

戦闘自体を目的にするような戦闘マニアは、相手が弱いと逆にがっかりするものだ。

もう少し戦い方がよくなれば楽しい戦いができそうだと思えば、相手にアドバイスをするようなケースもなくはない。

だが魔族は別だ。

魔族が人間に対して本能的に敵意を持ち、敵意以外の感情を持たないという定説は、今までにいくつもの魔法的実験で証明されている。

たとえ戦闘好きの魔族がいたとしても、本能的な敵意よりも優先されるという可能性は、極めて低いと思われていた。

だが、それらの実験が行われたのは、俺達の時代……将魔族がすでに滅びた後の話だった。

もしや将魔族は、例外だったりするのだろうか。

「死にたい訳ではないが、自分を倒すために人間どもが生贄にされるというのは気分がいい。……我が死なない程度であればの話だがな」

なるほど、どうやら期待したのが間違っていたようだ。

確かにそういう理由だと考えると、乗っ取られた無数の魔物を見て笑みを浮かべたのも分かるな。

グラディスからすれば、生贄を使った魔法は歓迎だというわけか。

生贄を使うつもりはないが、とりあえず敵の戦闘技術の小手調べは終わったので、そろそろ勝負を仕掛けるとするか。

そう考えて俺は、魔石を砕く。

——特殊魔力エンチャント。

魔石を砕き、その魔力を力に変えて剣に付与する魔法。

対魔物戦闘などで、高威力の付与が必要な時に使われる魔法の筆頭だ。

発動の遅さや魔力災害の危険性など、色々と使い勝手の悪さはあるのだが、歴史が長い魔法でもある。

グラディスも見たことはあるかもしれないな。

「その魔法は見たことがあるが、我に効果はないぞ。……やはり魔石などではなく、人間の生贄でなくてはな」

「どうだろうな」

俺はそう言って、剣を構えて突っ込む。

グラディスが俺の剣を受け止めようと……というよりは剣ごと押し潰そうとするが、俺はそれを縮地で回避した。

縮地はごく基本的な魔法だが、使うタイミング次第ではこういった戦闘にも通用するのだ。

俺の剣が、敵の鎧の腹を直撃する。

剣はあっさりと弾かれたが……その直後、グラディスの鎧にひびが入った。

俺の剣が当たった場所を中心として、今にも鎧がバラバラになりそうなほどのひびが入っている。


「……ほう、これを壊すか」


グラディスは、余裕のありそうな口調でそう呟いた。

どうやらグラディスは、鎧が完全に壊れる直前で強化魔法を発動し、鎧を強化したようだ。

自分ではなく鎧を守るために魔法を使うというのはおかしな話だが……やはり生身の状態で魔族対策の魔法などを叩き込まれるのは避けたいということなのだろう。


口調こそ冷静そうだが、動揺は翼に出ている。

先程から、翼に魔力が集まったり、元に戻ったりを繰り返しているのだ。

恐らく現代の魔法に対して危険を感じ、『全力飛翔』などを使って逃げるかどうかを考えているのだろう。

逃げたいと思って翼に魔力を集め、隙を見せるのが危険だと考えてもとに戻る……そういった動きを繰り返しているというわけだ。


魔物の乗っ取りに生贄が必要だとすれば、逃げて時間を稼ぐだけでも戦況は有利になる。

生贄が命を失ってから再度戦えば、魔物をまた使える可能性があるわけだからな。


確かに、鎧が発動する防御魔法は強かった。

だが問題は、防御魔法と鎧が一体化していないことだ。


あの防御魔法は、鎧を直接的に強化するのではなく、鎧のわずか外側に防御魔法を展開するようなものだ。

通常の攻撃魔法なら鎧の表面で攻撃が弾かれるので、鎧を守る必要はないのだが……特殊な魔法で鎧自体に衝撃を与えられると、その強度は材料となった魔法鋼のものでしかない。

そのため、防御魔法をすり抜けられる魔法には非常に弱いのだ。


そこで使ったのが『特殊魔力エンチャント』だ。

『特殊魔力エンチャント』は何かと一つの魔法として扱われがちだが、実はいくつもの種類がある。

魔石の魔力を利用するという点は同じだが、その魔力をどのように変換するかによって、色々な『特殊魔力エンチャント』が作れるのだ。

そのうちの一つ……大量の魔力を最大効率で破壊力に変換する魔法の使い勝手がよく、特殊魔力エンチャントといえばその魔法というのが一般的な認識だが……今回使ったのは別の『特殊魔力エンチャント』だ。

俺が今使った『特殊魔力エンチャント』は、攻撃魔法というよりも、ルリイが使う加工魔法に近い。

生物や空間などには一切影響を及ぼさず、金属に当たったときにだけ力を発揮する魔力を、そのまま放ったのだ。

もちろん失格紋が使う加工魔法など、精度が低すぎて加工にはあまり使えないのだが……壊すのが目的であれば、精度は必要ない。必要なのはパワーだけだ。

破壊用ではない加工魔法も、『特殊魔力エンチャント』が発揮する魔力量があれば、鎧を砕ける程度の力にはなるというわけだ。

この魔法が防御魔法を貫通できたのは、あの防御魔法が、攻撃魔法以外の魔法を防がないようにできていたからだ。

恐らく、補助魔法や回復魔法などを受けられるように、こういった仕組みになっているのだろう。

俺達の時代であれば、そういった鎧を作るのであれば、あらかじめ通す魔法の種類を指定した上で、それ以外を全て防ぐように作っただろう。

そうでなければ、鎧を通る時には攻撃魔法ではないふりをして、内部に入ってから牙をむく魔法などをいくらでも通せてしまうからだ。

鎧を着ているのがグラディスなので直接攻撃をしても意味はないが、もし人間が鎧を着ていたとしたら、この防御魔法を貫通してその人間を殺せる魔法はいくらでも思いつく。

今のままではこの鎧を壊すことはできなそうだな。

先程の剣が当たった部分は壊れかけだが、グラディスの膨大な魔力で支えられてしまうと、砕くのは難しいのだ。

『理外の剣』であれば表面の魔法は破壊できるが、グラディスが内側から鎧を支えている魔法を壊そうと思うと、鎧の内側に『理外の剣』を触れさせる必要がある。

もし『理外の剣』が頑丈な剣なら、抜刀魔法で思い切り叩きつけることによって、剣を鎧に食い込ませることができただろう。

鎧の厚さはたかが知れているので、たとえ数ミリでも食い込ませることさえできれば、内側の魔法だって破壊できる可能性は十分にある。

しかし……『理外の剣』は、強度という意味では非常にもろい。

触れるだけで人間を魔族に変えてしまう『理外結晶』を露出させたまま扱うわけにはいかないので、『理外の剣』の表面はボドライトなどを主体とした、魔法的安定性が極めて高い合金で作られている。

この合金は『理外結晶』だけに特化していて、物理的な衝撃などにはあまり強いとはいえない。

だから、魔法的結合だけで強度を保っている魔族の体などには強い『理外の剣』も、金属製の鎧などが相手だと、数秒は持ちこたえられてしまう。

その数秒で、『理外の剣』は砕けてしまうのだ。

そして、もしこの剣が砕けるようなことがあれば、俺は『理外結晶』の破片を全身に浴びて、魔族化することになるだろう。
俺の魔法技術と戦闘経験を持った魔族など、悪夢以外の何物でもない。
剣を壊される可能性がある状況では、『理外の剣』を抜くわけにはいかないのだ。

そう考えると……今の一撃で鎧を壊し、『理外の剣』が刺さる隙間を作れなかったのは、かなり厳しい状況と言っていいだろう。
魔力に制限がないグラディスが、鎧の強化魔法を解いてくれるとも思えないしな。

だが……それは俺一人ならの話だ。
この戦いには、もう3人の仲間がいる。

俺は『受動探知』で周囲の状況を確認すると、剣を鞘に収めた。
そして、もう1本の剣……『理外の剣』に指をかける。

次の瞬間、空中でアルマの矢が光を放った。
しかし、今までの矢とは見た目が全く違う。
その矢は金色に輝き……そして、異様なまでに長かったのだ。

これが俺がルリイに頼んだ『９０１番の矢』。

完璧なタイミングだ。


グラディスはすでに全ての意識を俺に向け、俺の動きを警戒している。

俺はたった一撃で鎧を破壊寸前の状態に追い込んだのだ。

それに対してアルマの矢は、鎧の隙間に当たっても何のダメージにもならず、付与されている魔法も魔力量の差で効果を発揮できないものばかりだ。


いくら付与魔法を変えたところで、あの魔力量ではグラディスにとって何のダメージにもならないだろう。

その程度のことは、グラディスにも理解できたはずだ。


更に……たとえ警戒したところで、『終末加速エンチャント』を回避するのは難しい。

仮に避けられたとしても、俺に対してはかなりの隙を見せることになるだろう。

だから、グラディスがアルマの矢を軽視するのは、判断としてそれなりに正しい。

だが、そうして矢に対する警戒を緩めることこそ、ルリイとアルマの狙いだ。

今までのアルマの攻撃は、この一撃のためにあったのだ。

この901番の矢は、その長さと重さのせいで他の矢より遅く、『終末加速エンチャント』で出る速度も低い。

もし最初のように、グラディスが普通に矢を警戒していれば、かわすのは簡単だっただろう。

そして……もしグラディスが俺の時代の魔法理論を理解していて、アルマの矢に意識を向けたとしたら……気付いたはずだ。

その矢が、魔法理論では説明のつかない魔力の歪み(ゆが)みを帯びていることに。

「さあ、次は何を……ぐあっ⁉」

俺を警戒していたグラディスの鎧の隙間に矢が刺さり、グラディスは驚きと困惑の声を上げる。

確認するまでもない。

今回の矢は砕けることもなく、グラディスを貫いたのだ。

それと同時に、グラディスが起動していた全ての魔法が破壊される。

いくら大量の魔力で作られた防御魔法だろうと、耐え切ることはできなかった。

なにしろ……アルマが放った矢の先端は、あらゆる魔力を消滅させ、いかなる魔法も破壊する、『理外結晶』でできていたのだから。

防御魔法が解除され、魔法によって支えられていたグラディスの鎧が砕け散る。

それとほぼ同時に、俺は『理外の剣』を振り抜く。

こうして、何千年も前の世界で倒し切れずに封印された魔族は、今度こそ完全に滅びることになった。

◇

「……なんとか倒せたな」

俺は回収した『理外の矢』の先端を純金製のケースに収めながら、そう呟いた。

『理外結晶』は周囲の物質の魔力を破壊し、急速に破壊してしまう。

魔法的な破壊に強い純金などの物質でなければ、保管すらできないのだ。

「扱いにくい矢だったはずだが……よく当ててくれたな」

「ギリギリだったよ……！　あの矢、本当に難しいね……！」

イリスから降りたアルマが、『９０１番の矢』……というか『理外の矢』の残骸を見てそう呟く。

矢を番号で呼ぶのは、敵による盗聴を避けるという理由もあるのだが、今はもうその必要はないだろう。

矢は命中の衝撃であちこちが折れ、五つに分かれていた。

この矢は『理外結晶』による魔力破壊に耐えるため、ほとんどの部分が全て純金でできている。

ちなみに、たとえ純金であろうとも『理外結晶』に直接触れさせると強度を保てないため、結合部は『理外の剣』と同じボドライトだ。

長さはなんと、２メートル近くもある。

アルマが言う通り、この矢は本当に、凄まじく扱いにくい。

ただ長くて重いだけならまだマシなのだが……全ての魔法を破壊する『理外結晶』を先端につけているせいで、矢を当てるための誘導魔法なども破壊してしまうからだ。

もちろん、誘導魔法なしで1キロ先の動く的に矢を当てるなど、人間には不可能。

この矢がやたらと長いのは、それが理由だ。

いくら『理外結晶』といえども、遠くにある魔法まで破壊するわけではない。

『理外の剣』と違ってこの矢はむき出しの『理外結晶』なので魔法破壊力の届く範囲が広いが、それでも1メートルも距離を取れば、ある程度は魔法を維持できる。

だからアルマは、2メートルある矢の後ろ半分にだけ誘導魔法をかけたというわけだ。

「ごめんなさいアルマ、もうちょっと扱いやすく作ればいいんですけど……」

「いや、『理外結晶』なんだから仕方ないよ。……むしろ、あんな扱いにくいもので矢を作れたのが驚きだし」

「ああ。当てやすさという意味だと、これが『理外の矢』の限界だろう。当たっただけで折れるぐらいだしな」


矢を扱いやすくするためには、使う材料の量を減らし、軽量化する必要がある。

普通なら軽量化には頑丈な合金を採用したり、付与魔法で強度を稼いだりといった手を使う。

だが、付与魔法は当然のごとく『理外結晶』に破壊されてしまうし、純金かボドライト合金でもなければ着弾まで矢がもたない。

そして純金とボドライト合金は、いずれも強度はそこまで高くないのだ。

となればもう、軽量化のために打てる手は、壊れるギリギリまで矢を細くするという方法くらいだ。

限界に近いレベルで軽量化したからこそ、矢は命中後に折れたのだ。

これ以上細くすれば矢は飛んでいる途中でバラバラになり、誘導魔法は『理外結晶』の乗っていない矢の後ろ半分だけを誘導することになっただろう。

いずれにしろ……矢は折れずに当たったのだから、これで正解だ。

結果論と言ってしまえばそれまでだが、こういった一度きりの戦いは、結果が全てだからな。

「でも、イリスってあんな静かに飛べたんだね……おかげで助かったよ！」

「獲物に忍び寄る時のために、練習しました！」

どうやらイリスはアルマが『理外の矢』を誘導する間、アルマを邪魔しないように静かに飛んでいたようだ。

アルマは普通の矢ならイリスがどんなに無茶な動きをしても当てられるだろうが、流石に『理外の矢』ともなると集中が必要だろうからな。

飛ぶイリスの背中でそれを誘導するというのはなかなか大変な気もしていたが……どうやらイリスは静かにも飛べるようだ。

「……こっそり飛ぶと、バレないもんなの？」

「普通にバレます！　……幼竜だった頃は、結構バレなかったんですが……」

「まあ、そうだよね……」

どうやらイリスの静かな飛行は、体の小さい幼竜の時代にしか役立たなかったようだ。

まあ、大きくなった後のイリスの巨体では、気付かないほうが難しいからな。

静かに飛ぼうと、姿まで隠せるわけではないのだから。

「とりあえず、王都に帰るとするか」

「そうですね。……帰りましょう！」

こうして俺達は、王都への帰路についた。

次は宇宙の魔物……『熾星霊』探しだな。

データはそれなりに揃っているが、はるか遠くにいる敵を見つけるとなると、それなりに骨が折れそうだ。

ちなみに帰り際、例の時間加速の力を持つ隕石……一種の『理外結晶』を回収しようとしたが、いくら力を入れても、『理外結晶』はピクリとも動かなかった。

恐らく、動かすのにも何らかの『理外の術』が必要になるのだろう。

そんな隕石をなぜ落とすことができたのかは分からないが……ともかく『理外の術』には、まだまだ未知の部分が沢山あるようだ。

第五章

Shikkakumon no Saikyokenja

Chapter 5

それから数日後。

将魔族グラディス討伐の報告を済ませた俺は、領地にある研究所の一室で魔道具を操作していた。

これは今回の討伐報酬の一つとして、王宮の宝物庫からもらってきたものだ。

見た目はアダマンタイト合金製の大きな箱でしかないが……この箱はあの隕石の座標と落下時刻から、隕石が元々あった場所を推定することができる。

情報解析に特化した……将魔族グラディスとの戦いで使った解析魔法の延長線上にある魔道具だな。


「古代の魔道具って、宇宙のことまで調べられてしまうんですね……」

「ああ。とはいっても……この魔道具は大体の場所を絞り込むだけで、実際に宇宙の観察をできるわけじゃないけどな」

俺はそう言いながら、魔道具に魔力を流し込み、解析に必要なデータを入力していく。

そんな中、アルマが不思議そうに呟(つぶや)いた。

「どんな魔道具かって、見て分かるものなの？　ただの箱なのに」

「うーん……私も簡単な魔道具なら見ただけで分かるので、マティくんが見ればすぐ分かるんだと思います」

「……魔道具によるが、魔力の雰囲気で大体は分かるな。……あまりに複雑な魔法だと、ちゃんと調べる必要がある」

まあ実際のところ、この魔道具を作ったのは俺自身なので、分かるのは当然なのだが。

これは前世の時代に、『壊星』や今回の隕石のような感じで『理外の術』が降ってきた時に備えて作っておいた魔道具だ。

たとえ小さな『理外の術』であっても、それが落ちてきた場所を探れば、大量の『理外の術』を集められる可能性もあるからな。

などと考えつつ操作するうちに、魔道具が動き始めた。

魔道具の内部で、解析が始まったのだ。

「動き始めたな」

「全然動いてるように見えないけど……」

「ワタシもです！」

どうやらアルマとイリスには、魔道具の動きが地味すぎてよく分からないようだ。

まあ、この魔道具は俺が前世の時代に作った魔道具の中でも、最も動きが地味な魔道具の一つだろう。

結局前世では使わなかった魔道具なのだが……まさか転生した後に、この魔道具が役に立つとはな。

「中で魔力が動いてるのは分かりますけど……これが隕石の場所を計算してるんですか？」

「計算しているというよりは、実際に中で試していると言ったほうが正しいけどな。……この魔道具の中には小さな隕石みたいなものが入っていて、それを実際に動かして落ちる場所を調べているんだ」

宇宙空間での物体の動きは、魔法的に計算するにはあまりにも難しすぎる。

不可能とも言い切れないのだが、落下時の隕石の重さが少しずれただけで落ちる場所が変わってしまうのだ。

隕石が落ちた場所から元々あった場所を逆算する場合にも、その誤差はついて回る。

そんな中で隕石が元々あった場所を推定するために、条件を少しずつ変えて何億回という計算を行い、『隕石が元々あった可能性が高い場所』を割り出すのだ。

そのためには、1回1回の計算はごく短時間で行う必要がある。

通常の解析魔法による計算では、そこまで速く計算はできないのだ。

もちろん隕石が落ちた場所から元々の場所を逆算するためには、隕石が落ちるところを逆再生しなければならないのだが……疑似隕石であれば、時間の流れを自在に操ることもできる。

遠い未来が知りたければ時間の流れを早めればいいし、過去を知りたければ巻き戻せばいいというわけだ。

前世の俺にとっても、自信作といえる魔道具の一つだな。

「うーん……中で何かが動いてるような感じはしないけど……」

「疑似隕石の一つ一つは、目に見えないほど小さいからな。……たくさん入ってるから、たくさんまとめて計算できるんだ」

「……いくつ入ってるの？」

アルマの質問に、俺は少し考え込む。

とにかく詰め込めるだけ詰め込んだ覚えはあるが……正確な数というと、ちゃんと覚えていない。

なにしろ、何千年も前に作った魔道具なのだ。

一瞬だけ数え直そうかと思ったが……すぐにやめた。

数えるには多すぎるからだ。

「だいたい５００万個くらいだな」

「つまり……この箱の中には、５００万個もの魔道具が入ってるってこと？」

「一つの魔道具で５０００個くらい制御できる仕組みになってるから、計算用の魔道具は１０００個だけだな」

魔石の魔力ならルリイやアルマにも分かるので、冷静に見てみれば中身の魔石が１０００個ほどであることは確認できるだろう。

計算用以外の魔道具を含めると１０００個を少し超えることになるが、疑似隕石の数とは比べ物にならないほど少ないのは確かだ。

「１０００個『だけ』って……まとめて作る魔法でもあるの？」

「いや、ここまで複雑な魔道具だと、一つ一つ手作業だろうな」

「……昔の人って、すごく根気強かったんだね……」

関心するアルマを見つつ、俺は魔道具が出力するデータを眺める。
解析されたデータは、記録用の魔石に刻まれていくのだ。
一部の疑似隕石はすでに解析を終え、隕石の場所の予測が記録されていた。

「……やっぱり、それなりに広い範囲を調べることになりそうだな」

「確かに、散らばってるみたいですね……」

俺とルリイは魔石に刻まれた予測座標を見ながら、そう言葉を交わす。
解析の条件によって、隕石の予測地点は1万キロ以上もずれてしまうようだ。

「宇宙を調べる魔法って、こんなに広範囲を調べられるものなんですか?」

「時間をかければできるが……俺達だけでやろうとすると、何十年も時間がかかるかもしれないな」

宇宙は何もないだだっ広い空間なので、調べること自体は難しくない。

それこそ、第二学園の学生たちでも簡単に調査できるだろう。

だが範囲が広くなれば広くなるほど、調査にかかる時間は伸びていく。

最終的に調べる範囲がどれくらいになるかは、もう少し解析が進んでみないと分からないが……調査時間を短縮しようと思うと、大勢の協力を得る必要があるかもしれないな。

◇

それから数日後。

俺が領地経営を丸投げしている『領地経営チーム』の責任者の一人、ミルズに呼ばれて、領主館にやってきていた。

「ヒルデスハイマー伯爵、実はご相談が……」

領地経営チームは非常に優秀で、大抵の問題や面倒事は自分たちで解決してしまう。

その彼らが自分たちで解決できない問題があるとなると……魔物絡みなどだろうか？

『受動探知』で見た感じだと、領地の付近に怪しげな魔力などはないのだが……。

「何か問題でもあったのか？」

「いえ。領地経営自体は全く問題ございません。至って順調です。……ただ、実は順調すぎるのです」

「順調すぎる？」

「はい。マティアス様が作られた迷宮鉱山の収益は恐ろしいペースで拡大していまして……このままでは何十年かで、王国中にある金貨が全て(すべ)ヒルデスハイマー領に集まってしまうと、王宮から相談がありました」

しばらく放置している間に、そんな事になっていたとは……。

あの迷宮鉱山は最初、ルリイのこだわり抜いた設計によってコストが膨れ上がり、領地経営チームの心配の種となっていたのだが……いつの間にか儲けすぎて心配されるような施設になっていたようだ。

確かに色々な魔法技術を使って効率化した鉱山ではあるのだが、王国中の金貨を吸い尽くす勢いだとは思わなかった。

儲かるのはいいことだが……そこまで儲かってしまうと、確かに問題だな。

王国中の金貨が一箇所に集まってしまえば、国内の状況に色々と悪影響が出るだろう。

王国から相談が来るのも無理はないというものだ。

「……よそと競合する金属は安く売らないようにするって話だったが、それがうまくいかなかったのか？」

迷宮鉱山を作った時点で、鉱山から出る金属が金属市場に大きな影響を与えることは分かっていた。

俺達が金属を安売りすれば、他の鉱山は軒並み潰れてしまうだろう。

そこで鉄や銅などといった、普通の鉱山でも手に入るような金属は、あえて倉庫に放置して売れ残りを出すような形を取るようにしていた。

ミスリルやオリハルコンのような希少金属は、少し話が変わってくる。

ああいった金属はそもそも供給が圧倒的に足りていないので、量が増えても鉱山が潰れてしまうようなことはない。

逆に材料不足で困っていた工房などが働きやすくなるくらいだ。

そのミスリルなども他の鉱山などに配慮して、売値は迷宮鉱山ができる前の相場くらいにしている。

売れ残ったとしても、赤字にならなければそれでいい。

供給が足りない金属だけでもちゃんと売ったり、領地内で使ったりしていれば、ほどほどの利益(りえき)を出せるだろうという考えだったのだ。

問題は……その利益が『ほどほど』では済まなかったことなのだが。

「供給の足りている金属は、ちゃんと売れ残らせているのですが……利益はほとんど、ミスリルやオリハルコンのおかげですね」

「……高いから、そんなに売れないって話なんじゃなかったか？」

「そういう予測だったのですが……最近は王国経済がすごく発展していて、高級金属の需要が増えているんです。……魔族の脅威がなくなったのは大きいですね」

なるほど。

魔族がいなくなったおかげで王国が発展しているという話は聞いていたが、それがミスリルとも関係していたのか。

魔族以外にも、無詠唱魔法などが関係しているのかもしれない。

「しかし……利益を減らすのは難しいよな？」

安売りをすれば利益は減らせそうだが、それでは他のミスリル鉱山を潰してしまうことになる。

かといってミスリルを売る量を減らせば、ミスリルを買っていた工房が困ることになるだろう。

どう転んでも、何かしら問題が出てしまうのだ。

「はい。迷宮鉱山はもはや王国を支える重要施設なので、このまま動かすしかないと思います。……ですから利益を減らすというよりは、集まったお金の使い道を作っていただく必要がありまして……」

まあ、そういう話になるよな。

稼いだ金を使わないから溜まっていってしまうのであって、稼いだ分還元だけすれば問題ないというわけだ。

「というわけで、一部の役人からは、マティアス城という名前で城を作るような提案もあったのですが……どうでしょうか？　ミスリルや金などを贅沢に使って、大貴族にふさわしい絢爛豪華な城を……」

「却下だ」

「ですよね。私も反対です」

俺の言葉に、ミルズは深くうなずいた。

馬鹿げた計画だと思いつつも、一応は提案があったので持ってきたという感じなのだろう。

魔族のようなはっきりした敵がいた時代なら、そういった敵から領地を守るための防衛拠点として城を作るのはありなのだが……防衛設備という意味で言えば、迷宮鉱山自体がもはや要塞のようなものなので、それと別に城を作る必要はない。

豪華な建物やら宝石やらを買い集めるというのは、ただの無駄遣いという感じなので、あまりやりたいとは思えない。

それこそ熾星霊の調査のために、たくさん人を雇うというのも一つの手だが……宇宙を探れるレベルの魔法使いとなると、今の王国ではそれなりに貴重な存在だ。

宇宙の魔物がこの星に干渉してきている以上、その居場所を見つけて反撃するための準備を整えておくのは、必要なことだろう。

しかし……大勢の魔法使いをそれだけに専念させることができるかというと、それは難しい。

無詠唱魔法を扱える人間は相変わらず限られていて、彼らなしでは王国は回らないからだ。

確かに魔族の脅威はほとんどなくなった。

だが、相変わらず魔物の脅威はそれなりに存在するし、無詠唱魔法が必要とされる場所の半分以上は農業や魔道具作りなど、戦闘すら関係のない……人々の生活を支えるような仕事だ。

それらを引き抜いて熾星霊の対策にあてるのは、現実的とは言えないだろう。

「無詠唱魔法使いを無理なく雇い集めるとしたら、何人くらい集められそうだ？」

「最近だと、30人集めるくらいでも苦労すると思います」

「最近ってことは、急に人手不足になった理由でもあるのか？」

俺が迷宮鉱山を立ち上げた頃だと、もうちょっと集めることができたような気がする。

無詠唱魔法使いの数自体は、それなりに増えているはずなのだが……どうやら事情があるようだな。

「はい。しばらく前に魔物の襲撃でルピアの町に被害が出てから、どこの領地も優秀な魔法使いを抱えたがりまして……魔法使いに限らず、強い冒険者は取り合いが加速しているみたいです」

「……初めて聞く話だな」

魔族の脅威がなくなってから、冒険者の数にはむしろ余裕がある状況が続いていたはずなのだが……俺が知らない間に、その状況が変わったということだろうか。

大規模な魔物の襲撃などなら俺達にも連絡が来るはずだが。

「王都に連絡が届く頃には、他の町から援軍に行った第二学園卒業生たちが倒してしまったという話なので、ご存知なくて当然かと思います。……ルピア自体は小さな町ですし、襲撃の規模としても第二学園卒業生が３人もいれば対処可能なものだったので……」

「……たまたま近くに戦える人間がいなかったから、対処が遅れたってことか」

「はい。援軍到着までの数時間で、町は半壊状態になってしまったようで……それからは、普段は平和な町にも強い冒険者を雇おうという流れが進んでいます」

なるほど。

魔物のいない町に強い者を置くというのは、かなり無駄が多いような気がするが……仕方ないのかもしれないいな。

できれば強い冒険者には、魔物と戦って経験を積んでほしいのだが、安全には代えられないということなのだろう。

確かに、小規模な魔物による襲撃というのは、龍脈観測だけでは予測できない場合が多い。大規模に魔物が集まるような場合ならともかく、小規模な魔物の動きなどは、そもそも龍脈に出ないのだ。

前世の時代だと、こういった問題は起きなかった。

魔法通信網が発達していたし、どんな田舎でも転移魔法で魔法戦闘師が駆けつけることができたからな。

今の魔法技術だと転移魔法は難しいし、魔法通信網は主要都市にしか通っていないので、小規模な襲撃だと逆に対処が遅れてしまうのだ。

今の状況で、こういった小規模で突発的な襲撃に対処しようとすれば、すぐに駆けつけられる距離に、それなりに戦える者を置いておくしかない。

広い王国の中でそれをすると、ものすごい人数が必要になってしまうというのは仕方がないだろう。

やはり今の状況だと、無詠唱魔法使いを集めるのは難しいようだ。

熾星霊探しは30人くらいでなんとかなるような仕事ではないので、雇ってきた魔法使いに探してもらうという案はボツだな。

無理なく魔法使いを集める方法には心当たりがあるのだが、まずは根本的解決から手をつけたいところだ。

「じゃあ、魔法学校を作ろう」

「魔法学校ですか……無詠唱魔法を教えるとなると、教員の確保が難しそうですが……」

「基礎だけなら、王立学園の卒業生でも教えられるはずだ。基礎だけでも大勢に教えられれば、その中から魔法研究者とかも出てくるだろうしな」

魔法使いが人手不足な理由の中で最大のものは、魔法学校が少ないことだ。

魔法学校に入学したい者はものすごく沢山いるのだが、魔法学校の定員自体が限られているため、実際に無詠唱魔法を学べる者は少ない。

その最大の理由は、無詠唱魔法を教えられる者の不足だ。

だが……高度な魔法を教えるならともかく、基礎を教える程度であれば何とかなるだろう。無詠唱魔法自体が新しい学問なので、今教えている教師たちも、そこまで無詠唱魔法の経験が長いわけではないからな。

「少数精鋭の魔法学校じゃなくて、大勢の生徒を教えられる……それこそ領地内の子供全員が入学できるくらい、大きい学校にするんだ。使える魔法のレベルは低くても構わないから、無詠唱魔法の基礎だけは教えておきたい」

「い、いくらなんでもその規模となると、教員の魔法使いを確保できない気がしますが……」

「もちろん、最初からは無理だろう。……最初は教えられるだけの人数を集めて、初期の卒業生には先生になってもらう。質より量だ」

「む、無詠唱魔法を覚えたばかりの者を教師に……？」

俺の言葉を聞いて、ミルズは驚いた顔をした。

ずいぶんと乱暴な話だと思ったのだろう。

特に今の世界では、魔法学校というものはエリートが集まる最高の教育機関として扱われているので、誰(だれ)でも入れて基礎だけを教える学校というのは受け入れがたいのかもしれない。

しかし前世の時代には、それが当たり前だった。

誰もが無詠唱魔法を学び、その中で魔法が好きだったり、才能があったりする者が高度な魔法を学ぶような形だったのだ。


今思えば、俺が小さい頃に魔法を教えてくれた教師たちの魔法技術は、お世辞にも高いとはいえないものだった。

教える知識の多くは間違っていたし、魔力操作は粗いし、高度な魔法など教師たち自身でも知らなかっただろう。

それでも、魔法の基礎を教えるだけなら十分だったのだ。

「無詠唱魔法は難しい技術じゃない。迷宮鉱山でも、先輩が後輩に教えるような形を取っているしな。……要は迷宮鉱山の魔法教育を、広範囲に広めるような感じだ」

迷宮鉱山ではすでに、無詠唱魔法を教えている。

精錬などの魔法だけではあるが、未経験者に無詠唱魔法が使えるレベルの指導をできているのは間違いないのだ。


もちろん、王立第二学園などのようなレベルでの魔法指導ができるかというと、それは無理だろう。

王立第二学園の教師たちも、無詠唱魔法を使うようになってから長い時間が経っている訳ではないのだが……無詠唱魔法を学ぶ前から、王立学園で教えていた訳だからな。

魔法がどうとか以前に、教師としての経験値が全く違うはずだ。


だが、多少レベルが落ちる指導でも、ないよりはずっとマシだろう。

たとえ高いレベルの魔法を使える者は現れなくても、領地内の多くの人間が無詠唱魔法の基礎を知っているということに意味がある。


それに……多くの者が魔法を学べば、一定数は天才や秀才が現れるものだ。

彼らを教えられる先生がいないとしても、自習用の本ならいくらでも用意できる。

最初のうちはあまりいい学校とは言えないだろうが……時間が経つうちに、ちゃんとした学校になっていくことだろう。

「……確かに、それはよさそうですね。『基礎魔法学校』とでも名前をつけて、さっそく計画を詰めようかと思います」

「頼んだ」

これで何年かしたら、無詠唱魔法を使える人間は格段に増えるだろう。
そうなったら、さらに進んだ魔法を勉強したい者に向けて、レベルの高い魔法学校を作ってもいいかもしれないな。
戦闘に特化した、魔法戦闘師学校みたいなものを作るのも面白いかもしれない。

などと考えつつ俺は、ミルズに尋ねる。

「……ちなみに、それだけで予算を消化し切れそうか？」

「無理ですね。校舎を純金かなにかで作るなら、話は別ですが……」

「まあ、そうだよな」

どうやら魔法学校だけでは、迷宮鉱山の荒稼ぎには対抗できないようだ。

なぜ俺は利益を増やすためではなく、利益を使い切るためにアイデアを出さなければならないのだろうか。

などと考えていると、イリスが手を挙げた。

「ワタシに名案があります！」

「……どんな案だ？」

なんとなく、予想はつく気がする。

恐らくミルズにも、予想はついているだろう。

「迷宮鉱山の食堂に、もっと美味しいものを沢山置けばいいと思います！」

まあ、そうなるよな。

領地にいる間、俺達やイリスは迷宮鉱山の食堂で食事を取る事が多い。

俺達は普通の貴族と違って領地にいることが少ないので、専属の料理人などはつけていないのだ。

賓客を呼んでパーティーをするような感じだと、そういうわけにもいかないのだろうが……

俺達はそういった、貴族らしいことを全くしないからな。

そして迷宮鉱山ではものすごい数の人が働いている。

そのため食堂の規模も大きく、鉱山の昼休みなどを除けば、イリスに対応できるだけの生産能力があるのだ。

まあ、流石にイリスがいるのといないのでは食料の消費量が大きく変わってくるので、イリスの分の食料を確保するためのスペースは、専用に用意されているのだが。

そして何より……イリスが食堂を気に入っている理由は、料理が美味しいことだ。

迷宮鉱山の食堂は、非常に評判がいい。

食堂の運営なども領地経営チームに丸投げしているのだが、きっとうまくやってくれているということなのだろう。

「……伯爵がよろしければ、さらに美味しい料理を提供することは可能だと思いますが……」

「そんなに沢山、いい食材を調達できるのか？」

迷宮鉱山が日々消費する食料は膨大な量だ。

そして俺達が食べるメニューは他の人々と変わらない。

さらに、そこにイリスが食べる分も加わるのだ。

その全ての質を上げるとなると、金を出しても調達に苦労しそうだ。

「食材自体は同じものを使いますが、手間と時間をかければ美味しいものは作れるそうですから……料理人を追加で雇おうと思います。それと、魔物の処理が丁寧な冒険者に追加報酬を出そうかと」

「あー、血抜きとかが上手な人だと、けっこう味が変わるっていうよね……」

「はい。多くの冒険者は魔物を倒すことばかり重視するので、『美味しく』魔物を倒してくれる冒険者は貴重なんですよ」

なるほど、血抜きがどうとかいう話は、それなりによく聞くな。

血抜きも魔法でできるので俺達は困らないのだが、血抜き魔法は意外と難しいので、使える冒険者はまだ少ないのかもしれない。

いずれにしろ、食べる人のことまで考えて魔物を倒してくれる冒険者に追加報酬を出すというのは、いい考えだろう。

「分かった。その方向で進めてくれ」

「やった！」

俺の言葉に、イリスが喜びの声を上げる。

まあ、今回の討伐では何かとイリスの世話になったので、このくらいのご褒美はあってもいいだろう。

俺達も今まで以上に美味しい飯が食えるようになるわけだしな。

「ところで……飯のクオリティを上げるのに、予算はどのくらいかかる？」

「正確な金額は計算に少しお時間を頂きますが……迷宮鉱山の利益と比べれば、微々たるものなのは確かです」

「そうか……つまり、予算はたくさん余ってるって訳だな」

「はい。それはもう……国から苦情が来るほど、たくさん余ります」

なるほど。

これは……熾星霊探しと魔法使い不足をまとめて解決する計画を、動かすチャンスだな。

普通なら、あまりに費用がかかりすぎて実行に移せないような計画だが……予算が余っているのなら仕方がない。

さっそく、王立学園に話をしにいくとするか。

Shikkakumon no Saikyokenja

第六章

chapter 6

それから1ヶ月ほど後。

俺(おれ)は王立第一学園へとやってきていた。

いつもの第二学園ではなく、第一学園だ。

第二学園にも協力はしてもらうのだが……今回の計画で一番役目を果たすのは、第一学園だからな。

とはいえ俺達にとって、第一学園は少し因縁のある学校でもある。

対抗戦で魔族と戦わせられたり、校長のひどい言葉への報復として『毛根死滅』の魔法をかけたり、挙句その校長が反逆罪で処刑されたりなどと……第一学園は、どちらかというと俺達の味方というよりは敵となる場面が多かった。

校長が代ってから表立って敵対することは減ったが、それでも第一学園と俺は微妙な関係にあった。

栄光紋以外の生徒の入学が許されず、元々は国で最高学府の学校とされていたものが、無詠唱魔法の発達によって栄光紋は戦闘面で最弱の紋章とされ、戦力面では第二学園に遠く及ばない状況になってしまった訳だからな。

それどころか、第二学園の改装の際には、第一学園の校舎を乗っ取ったりもしていたし……第一学園からの印象は、率直に言って最悪なはずだ。


などと考えていたのだが……。


「マティアスさんが、第一学園に来てくれたぞ！」

「ちょ……見えない！　押さないで！」

「ああ、マティアス様がこっちを見た！」

「あれが世界最高の付与術師と名高い、ルリイさんか……！」

俺達が第一学園に入ると、そこには大勢の生徒たちが集まっていた。

あまりの大混雑で、押し潰されそうな者まで出ている始末だ。

その様子に、全く敵意は感じない。

むしろ好意的な印象だ。

「歓迎されてるな……」

「意外と、歓迎されてるね……」

俺はそう言って、アルマと顔を見合わせる。

すると、第一学園の校長が、俺に尋ねた。

あの毛根を破壊された校長ではなく、最近着任した新しい校長……ラークロだ。

「驚かれましたか？」

「ああ。第一学園は、俺のことをよく思ってない者も多いと思ってたんだが……」

「あー……第一学園が戦闘系学校だった時代の人は、そうかもしれませんね。今の生徒たちは生産系を目指して入学しているので、むしろマティアスさんに感謝しているんですよ」

なるほど、もう生徒たちも代替わりしたのか。

確かに、付与術師を目指すという意味では、第一学園のレベルは格段に上がったからな。

今は第一学園と第二学園のどちらが上というよりは、戦闘の第二学園、付与の第一学園という役割分けになっているとは聞いていたが……ここまではっきりと変わるものなんだな。

などと考えつつあたりを見回すが……確かに生徒たちは皆、付与魔法使いらしい魔力の質をしている。

魔力の雰囲気からすると、俺がいた頃の第二学園よりも、付与魔法のレベルはだいぶ上という感じがするな。

流石にルリイほどの実力を持った生徒は見当たらなそうだが……今の世界を引っ張っていく付与術師たちになるのは間違いないだろう。

まあ、名前や校舎は同じだが、実態は当時とは別の学校だな。

栄光紋以外への差別などもなさそうだ。

それはそうとして……。

「俺が来ることを、生徒たちに伝えてたのか？」

「はい。実際にマティアスさんを見ていたほうが、生徒たちもやる気が出るでしょうから」

そう話しながら、ラークロは俺を会議室に案内する。

会議室には、騎士団長や第二学園校長のエデュアルト、そしてレイタスやグレヴィルをはじめとして、多くの王立学園教師たちがいた。

「では、全員集まりましたので……統合通信・魔力感知網の設置について、会議を行いたいと思います」

俺達が席につくと、ラークロがそう話し始めた。

全員の手元には『統合通信・魔力感知網計画』と書かれた書類が置かれている。

書類の中身は、魔法使いの人手不足を解消するために、俺が立てた計画だ。

今は通信や魔物の探知が難しいため、町を守るために大勢の無詠唱魔法使いが必要になってしまう。

本来は、魔物の襲撃がある場所だけ守れば良いはずなのにもかかわらず、誰も敵が来ない場所まで見張っていなければ、安全が守れないのだ。

魔法使いが余っている状況ならともかく、ひどい人手不足の中で、この無駄は致命的だ。

そこで登場するのが、この統合通信・魔力感知網だ。

『受動探知』のような機能を持つ魔道具を、王国中の隅々まで設置し、魔物の状況を監視する。

そして魔物の襲撃を事前に察知し、危険がありそうな場合だけ、それに対処できるだけの力を持つ魔法戦闘師……今の世界でいう冒険者を送り込むというわけだ。

この計画自体は、さほど新しいアイデアではない。

前世の時代よりはるか昔に……それこそグラディスがいたような時代に使われていたものを、今の技術でアレンジしただけだ。

こういった魔力感知網は、俺がいた時代にはすでに存在していなかった。

製作と維持に膨大な費用がかかる上に、転移魔法と魔法通信網が整備されてしまえば無用の長物なので、すでに使われなくなっていたのだ。

まあ、当時の設備をもとにして作られたものもあったので、まるっきりの無駄だというわけではなかったのだ。

そして……この魔力感知網は、もう一つ使い道がある。

王国中を覆う巨大な魔力探知網の力を使えば、宇宙の観測も、人力とは比べ物にならないほど高効率に行えるのだ。

魔力感知網が完成すれば、1ヶ月とかからずに熾星霊の場所を特定できてしまうだろう。

俺にとっては、まさに一石二鳥の計画というわけだ。

「計画の概要は、すでにお読み頂いた通りですが……何かご意見のある方は？」

「現実的に実行可能なのですか？　10万個の魔力感知魔道具に、総延長何万キロもの魔力導管……いくらなんでも、突拍子もない話に思えますが……」

ラークロの言葉に対し、第一学園の教師の一人が尋ねた。

もっともな疑問だ。

龍脈を使った広範囲の警戒が可能な魔族探知網と違って、普通に地上の魔力を感知する魔道具による感知網は、凄まじい数の魔道具が必要になる。

さらに問題なのは、魔物感知網に使う魔道具は『受動探知』ほど性能が高くないため、多くの魔道具から情報を集めなければ、襲撃を察知できないことだ。

今の計画だと、魔力感知網は王都と迷宮鉱山に設置する拠点で情報を集め、そこで国内全域の情報を分析するような形になる。

メインは王都だが、王都に何かあったときに備えて、ヒルデスハイマー領にも置いておくというわけだ。

国中に置いた魔道具の間をつなぐ魔力導管の総延長は、何万キロにも及ぶ。

まず間違いなく、この『統合通信・魔力感知網計画』は、王国の歴史の中でも最大の魔法建築計画になるだろう。

その次に大きいのは恐らく王都大結界だが……あれとも比べ物にならないほどの規模だ。

そして……この計画書は、それをたった1年で終わらせようという話になっている。

一応、方法はちゃんと計画書に書いてあるのだが、確かに無茶にも見える計画かもしれないな。

だが……第一学園教師の言葉に、レイタスとグレヴィルが口を挟んだ。

「ヒルデスハイマー伯爵のご計画に、誤りがあるとでも？ ……王立学園の魔法教本は、ほとんどヒルデスハイマー伯爵の理論をもとにした技術ですよ」

「この計画が実現可能なことは、我々も確認済みです。まず間違いなく、王国中の魔物発生を監視し続けることができるかと」

「……ええと、魔法技術的には可能なんですね。でも……実際に作れますか？」

「第二学園出身の冒険者たちのお陰で、良質な魔石の産出量は増えています。ヒルデスハイマー伯爵の……迷宮鉱山の協力がある以上、金属材料に困ることはないでしょうし、あとは加工さえ何とかなれば問題はないかと」

そう言ってグレヴィルが、第一学園校長のラークロを見る。

王立学園において、魔法技術のトップといえば、レイタスとグレヴィルだ。

この二人のお墨付きがあれば、この計画が現実的なものであるということは理解してもらえるようだ。

「加工はうちに任せてください。生徒たちの製作実習で作る魔道具をこれにすれば、十分な数を作れるはずです。……元々、そのつもりでヒルデスハイマー伯爵がいらっしゃることを、生徒たちに告知しました」

ラークロは、自信ありげにそう呟いた。

まだ勉強中の身である第一学園生に、このような巨大計画の魔道具を作らせるというのは、少し不思議に思えるかもしれないが……実は今の世界では、これが一般的なのだ。

というのも……第一学園の生徒たちは、すでに一般的な魔道具職人などよりも腕がよかったりするからな。

人によって腕は違うので、ちゃんと作れているか検査をする必要はあるのだが、魔道具を作ってもらうこと自体に問題はない。

むしろ、王国で使う魔道具の中で特に技術を要するものは、今も王立学園で作られているのだ。

王立第一、第二学園は学園という名前ではあるものの、実際は研究機関のような面もあるからな。

もちろん今回の計画には、国王も協力を約束してくれている。

というのも、魔物感知網による守りを最も必要としているのは王国なので、反対する理由はないのだ。

さらに、盗聴対策のできる有線魔法通信網が国中に張り巡らされるとなると、色々と便利になるしな。

ちなみに宇宙の魔物探しに限らず、王立学園の研究などにも、この魔法施設は利用される予定だ。

魔物による襲撃の監視なら、30分に1回ほど確認すれば十分なので、他の時間はその膨大な魔力感知能力を、他のことに使える。

作るのはそれなりに苦労するだろうが、完成すれば安全の確保はもちろん、この世界の魔法の発展にも役立つことだろう。

「……ただ、これはうちには無理ですね。少なくとも今のうちでは無理です」

そう言ってラークロが指したのは、集まった情報を分析する魔法機関だ。

10万個にも及ぶ魔道具から集まる情報を人間が処理するなど現実的ではないので、多数の魔道具を組み合わせた魔法機関で、少しずつ情報を人間が見て分かる形に整理していく必要がある。

それに必要な魔道具は、流石に隕石の動きを分析する魔道具ほど複雑ではないが……解析魔法の一種ではあるので、今の世界にはほとんど存在しないレベルの魔道具が大量に必要になる。

とはいえ、それを作れる魔道具職人は、ここにいるのだが。

「そこは私が作ります！」

「ええと、全部ですか……？」

「全部です！」

この情報分析用魔法機関は、数千個もの魔道具を組み合わせた代物だ。

しかし……今のルリイにとっては、そこまで難しいものではない。

1年もあれば、王都用と領地用に1つずつ作っても余裕だろう。

というか、1ヶ月もかからない気がする。


「……あとは予算の問題さえ解決すれば、計画は実行に移せますが……」

「予算は俺が全額出すので、大丈夫です」


予算に関する質問には、俺がそう答えた。

元々、迷宮鉱山の利益がすごく余っていたのも、この計画をやることになった理由の一つだしな。

まあ予算を出す以上、この『統合通信・魔力感知網』は俺の所有物という扱いになり、後でまた使用料が王国から支払われるという話だが……そしたらまた、何かしら使い道を考えればいいだろう。


俺のもとに金が集まりすぎて問題になる現象は、前世の時代にも何度か起きたが……まさか、転生した後でも同じことが起こるとは思わなかった。

おかげで宇宙の魔物……熾星霊探しの時間を短縮できると思えば、嬉(うれ)しいことではあるのだが。

「……誰も異論がなければ、この形で進めようと思いますが……どなたか異論はありますか？」

口を開く者はいなかった。

こうして、王国史上最大の魔法計画が、実行に移されることになった。

◇

それから1ヶ月ほど後。

俺達は順調に、統合通信・魔力感知網計画を進めていた。

しかし……その途中で俺達のもとに、不穏な情報が入ってきた。

「また魔物の襲撃か……」

「はい。期せずして統合通信・魔力感知網の必要性が強調される形になっていますが……不自然なくらい多いようです」

そう言ってミルズが俺に、魔物による襲撃の発生報告書を手渡した。

今月に入ってから、もう5件も小規模な襲撃による被害が出ている。

まるで、誰かが魔物を操って、王国を攻撃させているかのような有様だ。

しかし……よく報告を聞くと、そうではなさそうだということが分かる。

というのも、襲撃はピンポイントで守りの薄い都市を狙うようなものではなく、ほぼランダムに発生しているようだからだ。

討伐が間に合わずに被害が出た襲撃は5件。

しかし、討伐が間に合ったものを含めれば……小規模な魔物の異常発生が、すでに30件以上も起きている。

ルピアの町が受けたものは、連続して起こっている魔物の異常発生事件の、ほんの前触れに過ぎなかったということなのだろう。

これだけの異常事態にもかかわらず、龍脈にはなんの異変もないというのが不思議なところだ。

魔物の大発生が頻発する原因はいくつか考えられるが、俺が思いつく原因だと、いずれも龍脈に影響が出るはずだ。

龍脈に全く影響なく、これだけ異常事態が続くとなると……前世の時代には存在しなかった原因か、あるいは魔法理論では説明のつかない原因が考えられる。

つまり……『理外の術』が関わっている可能性だ。

とはいえ、あまり性急に『理外の術』だと決めつけるのも問題だろう。

いくら今は宇宙の魔物がこの星に干渉してきているとは言っても、この世界で起こる事の99%以上は、魔法理論で説明がつくのだ。

残りの1%の可能性を考えるのは、99%のほうが否定されてからでいい。

「王都の近くでも、似たような襲撃があったんだよな？」

「はい。魔物は王都付近に住むようなものではなく、明らかに異常発生だったそうですが……第二学園の先生方でも、原因は特定できなかったそうです。魔物の死体を分析した結果は、魔力災害らしい部分もあるということでしたが……」

「……その件に関して、詳しい報告はあるか？」

「はい。王都からも、ヒルデスハイマー伯爵に分析していただきたいとのことで、大量のデータが届いております」

そう言ってミルズは、部屋の隅に積み上げられていた箱を指す。

大きな箱に丸々10個分ほども、書類が詰め込まれている。

「これ全部、異常発生の情報なのか……？」

「何の情報が魔物に関わっているかが分からないので、魔物が異常発生した前後の情報を全て同封したとのことです。……恐らく関係のないデータも多いのでしょうが、情報が足りないよりはいいとのことで……」

「……なるほど」

俺はそう言いながら、書類を確認する。

確かに、どうでもいい情報も多いようだ。

当日の天気などはまだいいとして……第二学園のクラスごとの欠席者数などまで、それこそ手に入った情報は何でも詰め込んでいるような雰囲気だな。


第二学園には、レイタスとグレヴィルがいる。

特にレイタスは魔法研究者なので、魔力が関わるような事象には詳しいはずだ。

魔力災害っぽい雰囲気だというのは、恐らくそのどちらかが言ったことだろうが……そういう情報があるなら、まずは魔力関連のデータから調べてみるか。


「これだな」


俺は書類箱の中から、ひと束（たば）の書類を取り出した。

そこには王都付近の魔力の状況が、特殊な形式で記録されていた。

情報を極度に圧縮しているため、読み方を知らない者には乱雑に塗り潰された紙にしか見えないかもしれないが……これは魔力の波形データだ。


「このデータって、私の……」

「ああ。ルリイが作ってくれた、魔力解析機の簡易版だな」

王都には現在、統合通信・魔力感知網のテスト版として、100個ほどの魔力感知魔道具と簡易型の情報解析魔道具を組み合わせた、小規模な統合通信・魔力感知網が設置されている。

まず小規模なものでテストをして、問題がなければ国中に設置を進めようという計画だったのだが……王都の近くで魔物の異常発生が起こったので、この感知網が情報を拾った可能性がある。

そう考えて俺は、データを調べてみたのだが……。

「これは……魔力災害だな」

やはり魔力感知網は、魔力災害らしい動きをしていた。

魔力災害というのは、空気中にある魔素や魔力の量が多くなりすぎて起こる災害だが……中でも最も多いのが、何もない空間から魔物が大量発生する現象だ。

迷宮などに発生するモンスターハウスも、この魔力災害に近い現象と言える。

魔力感知網が記録している魔素濃度は、魔力災害が起こるラインよりはるかに低い位置で動いている。

王都にいるレイタスやグレヴィルが、原因を魔力災害だと断定できなかったのは、それが理由だろう。

しかし……それは恐らく、魔力災害が起こった場所が、たまたまどの魔力感知魔道具にも近くない場所だったからだろう。

注目すべき部分は魔力濃度の最大値ではなく、その動きだ。

魔物が大量発生した直後、魔力濃度が急激に下がっている。

魔力災害は魔力や魔素が魔物に変わる現象なので、魔力災害の直後には空気中の魔力や魔素が消費され、下手をすれば平時よりも少ないような状況になる。

ルリイの作った魔道具のデータには、その特徴がはっきりと表われていた。

「王都で魔力災害って……誰かが『特殊魔力エンチャント』でも使ったのかな？」

「……王都の近くとなると、可能性はゼロとも言えないが……」

確かに、王都は『特殊魔力エンチャント』による魔力災害が最も起きやすい場所の一つだと言えるだろう。

『特殊魔力エンチャント』を扱えるような魔法使いの多くは、王都にある王立学園の生徒か、元生徒だからな。

だが……魔力災害の危険があるため、『特殊魔力エンチャント』の使用はかなり厳しく制限されている。

第二学園の中でもかなり優秀な……少なくとも周囲の魔力環境を理解し、次に『特殊魔力エンチャント』を使っても大丈夫かどうかを自分で判断できる生徒にしか、特殊魔力エンチャントの使い方を学ぶことは許されないのだ。

『特殊魔力エンチャント』の使用は、違反すれば魔法犯罪者として牢獄に送られても文句は言えないというほど厳密に制限されている。

もちろん、強力な魔物が現れた際に、仕方なく魔力災害覚悟で『特殊魔力エンチャント』を使うことは許されているが……それにしたって、魔力災害が起きた場合は報告しなければならない決まりだ。

だから、報告なく『特殊魔力エンチャント』による魔力災害が起こったとしたら、それはもう魔法犯罪者による仕業だということになる。

しかし、今回はそうではなさそうだ。

「この魔力は、『特殊魔力エンチャント』っぽくはないな。魔力に対して、魔素が少なすぎる」

魔石を砕いて魔力を得る『特殊魔力エンチャント』だが、魔石は非常に多くの魔素を含んでいるので、『特殊魔力エンチャント』を使った後は魔素が多くなる。

このデータを見る限り、むしろ今回の魔力災害はほとんど魔素を使わず、魔力だけで起こされたような印象だ。

「魔力災害って、魔素がないと起こらないんじゃ……？」

「ほとんど起こらないが……制御されていない魔力があまりにも大量にあれば、その場で魔素が作り出される」

魔素というのは、制御されていない魔力が集まって固まったようなものだ。
魔力と比べると扱いにくく、魔物などが生まれる原因にもなる。

人間が大規模な魔法を使っても魔力災害が起きないのは、その魔力がきちんと制御されているため、魔素が生まれないからだ。

逆に言えば、大量の魔力を使った魔法の制御に失敗すれば魔素が生まれ、魔力災害が起きることになる。

今の自然界はあまり魔力濃度が高くないので、世界に存在する魔素の多くは大昔にできたものか、龍脈などといった大量の魔力が集まる場所で作られたものだ……そういった魔素が集まって魔力災害が起きたのであれば、魔道具が魔素を感知しているはずだ。

そうではないにもかかわらず魔力災害が起きたということは……魔物が発生する直前に、大量の制御されていない魔力が集まっているということになる。

「魔素が作り出されるって……そんなに沢山の魔力が、王都の近くに集まってたってことですか？」

「ああ。かなり不自然だ」

ルリイやアルマにも、魔力災害や魔素については色々と教えていたのだが……その中では俺は『魔力から魔素が作り出されることは一応あるが、当分はそんな量の魔力を扱えないから、考えなくていい』と教えていた。

それどころかイリスでさえ、意識的に魔力を集めるような魔力操作を学ばなければ、魔力災害を起こすことはできない。

王都にいる人々が『特殊魔力エンチャント』を使わずに魔力災害を起こすことは、まずできないと言っていいだろう。

となると、俺が思いつく理由は二つだけだ。

一つは、理外の術。

大量の魔力を生成する『理外の術』を使う人間は、今までに何度か見かけた。

あれが『壊星』のように、誰も制御していない状態で発動すれば、魔力災害が起こってもおかしくはない。

あるいはミロクのように熾星霊の手下として『理外の術』を使う人間が、魔力災害を起こして回っているという線もなくはないだろう。

もう一つは、魔力災害を起こせるほどの魔法使いが転移魔法であちこちに移動して、魔力災害を起こして回っているという可能性だ。

今の時代の人間ではまず無理だろうが、アンモール兄弟のように、前世の時代の人間が復活したなら可能性がある。

しかし……『理外の術』にせよ魔法にせよ、人間が絡んでいるとするなら、理由が分からない。

魔力災害をわざと起こせるほどの力があって、王国の街を壊したいと思っているのだとしたら、もっといい手が他にいくらでもあるからだ。

「……やっぱり、宇宙の魔物の仕業かな……？」

「その可能性が否定できなくなってきたな……」

力を持った人間が回りくどいことをしている可能性よりは、熾星霊が攻撃を仕掛けてきているという線のほうがまだ可能性がある。

となると、他に気になるのは……。

「この魔物の異常発生って、他国でも起こってるのか？」

「他国ですか？　すみません、調べるのに少し時間をください」

「ああ。頼んだ」

これで他国にも被害が出ているようであれば、魔力災害の頻発は世界規模だということになるな。

魔族をほぼ滅ぼし終わったと思ったら、今度は魔物の大発生か。

心穏やかに魔法戦闘の鍛錬を積めるようになるまでには、まだ時間がかかりそうだな。

第七章

chapter 7

それから数日後。

俺達は領主館で、王都から届いた報告を聞いていた。

「やっぱり、王国だけじゃなかったんだな」

「はい。……他国では王国ほど問題視されていないようですが、やはり小規模な魔物の異常発生が増えているという報告はあるようです」

王国から届いた報告を聞く限り、どうやら魔物の異常発生は他国でも起こっているようだ。

しかし、王国では冒険者の取り合いが起こるほど、魔物の異常発生が危険視されているにもかかわらず……他の国は、さほど対処を急ぐ様子がないらしい。

とはいっても、王国に比べて他国の魔物に対する防衛戦力が充実しているというわけではない。

むしろ逆だ。

エイス王国は王立第二学園を中心として、無詠唱魔法を教える態勢が比較的早く確立され、そのぶん冒険者や騎士団のレベルも上がっている。

そのため、魔物による襲撃には対処できて当たり前、街は平和に守られていて当たり前……という状況だったのだ。

最大の敵であった魔族も、俺が『壊星』によって前世の力を使った時にほぼ全滅させることができたので、王国は外敵に晒されることが少なかった。

だから小さな街が一つや二つ被害を受けただけで、大騒ぎになるというわけだ。

だが、他国は違う。

他国も多少は無詠唱魔法を教える態勢が整いつつあるが、王国に比べれば何年か遅れているのだ。

だから冒険者などのレベルもそこまで高くないし、魔物の襲撃によって街が被害を受けたりするのも、もはや日常の一部という感じだったりする国が多いらしい。

そんな中で、小規模な魔物の異常発生が多少増えたとしても、そこまで目立たないというわけだ。

「言われてみれば、王国が平和になったのも最近のことだもんね……」

「マティ君がいなかったら、王国もまだ魔族と戦ってたと思いますし……」

「……最近おいしいご飯が多いのは、平和のおかげだって聞きました！」

確かに、最近は街などで手に入る食べ物の質も上がっているな。

魔物の脅威が減ったお陰で、農業などがやりやすくなっているのだろう。

もちろん無詠唱魔法の効果は、安全の確保だけではない。

魔法を使えない者であっても、加工魔法や付与魔法を使って作られた道具などを使うことはできるからな。

ここ最近で、王国の文明は急速に進歩したと言っていいだろう。

実際、今回は俺達が一切戦っていないにもかかわらず、魔物の異常発生は全て討伐されている。

被害が出る前に倒せたかどうかは、また別の話になってくるが。

「……バルドラ王国か……」


俺達がいるエイス王国を除き、ほとんどの国は魔物の異常発生をそこまで問題にしていない。

その中の、数少ない例外の一つが、バルドラ王国だ。

一応、エイス王国とは国境を接している国ではあるが……俺達は関わったことのない国だな。


国境が王都から遠い上、国境に幅1キロを超える大河がある関係で、エイス王国との貿易もあまり盛んではないらしい。

国同士の関係は悪くないらしいのだが……幅1キロを超えるような川となると、以前の魔法建築技術では橋をかけることは不可能だったので、自然と交流も少なくなるという訳だ。


王宮からの報告だと、バルドラ王国は魔物の異常発生によって、甚大な被害を受けているようだ。

情報網まで崩壊しているため、あまり正確な情報がないようだが……小さな村などではなく、城壁を持った大規模な街がいくつも壊滅したなどという話もある。

しかしバルドラ王国は別に、冒険者などの戦力で劣る国というわけではない。

むしろエイス王国以外の中では、かなり強い方の国のはずだ。

にも関わらず、そんなにひどい状況になっているのは……バルドラ王国では、魔物の異常発生が他の国より明らかに多いからだ。

特に、エイス王国との国境付近……国境を隔てる川の向こう側は、常に異常発生が起こっているような状況だとすら言われているようだ。

逆に言えば、バルドラ王国に行けば、魔物の異常発生の現場を見られる可能性が高いというわけだ。

魔物の異常発生の理由が『理外の術』だとしたら、『壊星』のような形で、魔物の異常発生を起こしている隕石が見つかる可能性もある。

「もしバルドラ王国に行かれるのでしたら、こちらをどうぞ」

そう言ってミルズが差し出したのは、俺達4人分の、バルドラ王国宛の推薦状だった。

俺達がバルドラ王国で不審者扱いされないように、俺達の身元を保証してくれるということらしい。

推薦状には、国王と冒険者ギルド、そしてエデュアルト校長の名前が入っている。

「……王国は、俺達がバルドラ王国に行くことを予想していたのか？」

「そのようですね」

推薦状に同封されていた手紙には、国内のことは大丈夫だと書かれていた。

確かに、今までに報告されている情報を見た限り、エイス王国は俺達なしでも魔物の異常発生に対処できるだろう。

別に異常発生の魔物が極端に強いという訳ではなく、ただどこに現れるのか分からないのが厄介だというだけの話だからな。

最初は不意打ちだったので少し被害が出たが、魔物の異常発生が時々起こる前提で対策を立てれば、そういったこともなくなるだろう。

「……少し、様子を見に行ってみるか」

「そうだね！　……他の国っていうのも、ちょっと気になるし！」

「魔力感知網が少し気になりますけど……しばらくは設置待ちですし、いいと思います！」

「外国の料理……楽しみです！」

どうやら3人も賛成のようだ。

魔力感知網が完成するまでおよそ1年……そのうち半年くらいは、ひたすら人海戦術で魔道具作りと魔力導管の設置を続けるだけなので、任せておいて問題ないだろう。

◇

翌日。

準備を済ませた俺達は、渡し船に乗って国境を超えていた。

流石に正規のルートを通らずに他国に行くと不法入国ということになってしまうので、国境検問所を兼ねた船着き場まで来たのだが……。

「……あの、本当に上陸するんですか？」

渡し船の船長が、恐る恐るといった様子で俺に尋ねる。

その声には『船を岸に近付けたくない』という思いが込められていた。

それも当然だろう。

エイス王国とバルドラ王国を隔てる川……通称バルドラ川の向こう岸は、魔物だらけだったのだから。

それどころか、船着き場も……。


「建物の中に、魔力があるけど……これ、人間じゃないよね？」

「ああ。魔物の魔力だな」


どうやら国境で入国審査をしてくれるはずの役目の人は、どこかに行ってしまったらしい。

血の匂(にお)いなどはしないので、魔物に殺されてしまったというわけではなさそうだが……恐らく、とっくに逃げ出した後ということなのだろう。

こんな状況の中で、よく王国に『魔物の異常発生が起きている』という情報を伝えられたものだ。

「俺達は自力で上陸するから、ここで引き返してくれ」

そう行って俺達は、結界魔法を足場にしながら対岸へと渡った。

正直、ここまで国境警備が崩壊しているのであれば、イリスに乗って川を飛び越えてもよかったような気もするが……一応他国に入る以上、正規の手続きは踏むべきだろうからな。

「えっと……この国境検問所で、あの紙を提出すればいいんだっけ？」

アルマは弓矢で近くの魔物を蹴散らしながら、俺にそう尋ねる。

その手には、『入国許可願い』と書かれた紙が握られていた。

こんな紙があっても、もうそれを受け取ってくれる人はいないのだが……まあ、手続きとしては出しておくのが正しいか。

「そうだな。とりあえず提出しておこう」

俺はそう言って国境検問所に入ると……そこには、１匹の狼の魔物がいた。

狼の魔物は、俺を見るなり飛びかかってきたが……俺は身体強化魔法を発動すると、狼の魔物の顎を蹴り砕いた。


「……マティ君が素手で戦うところ、久しぶりに見た気がします……」

「建物の中で剣を使うと、あちこち血まみれになるからな……」


俺はそう言って、検問所の中を見回す。

どうやら狼の魔物は最近入ってきたばかりらしく、中はそんなに荒れた様子ではなかった。

そして……。


「やっぱり、避難は間に合ってたみたいだ」


俺はそう言って、カウンターの上を指す。

そこには『入国許可願い提出箱』と書かれた箱が置かれている。

注目すべきはその横だ。

そこには『戦えるなら誰でも歓迎！』と書かれた小さな板とともに、国境検問所の魔法印が置かれていた。

どうやら、自分で魔法印を押して入国していいシステムのようだ。

「とりあえず、バルドラ王国がヤバいっていう情報は間違いなさそうだね……」

「そうだな……」

そう言って俺は、魔法印を押した書類を箱に入れた。

とりあえず、人がいる都市を探すとするか。

◇

それから数時間後。

俺達は魔物だらけの街道を通り、城壁のある都市の中では国境から最も近い場所……ミナルへとやってきていた。

しかし、そこにも人はいなかった。

「ここも、魔物しかいないね……」

「ああ……」

俺達は、魔物の楽園と化した街を見ながら、そう話す。
襲ってきた魔物は蹴散らしたが、『受動探知』はいまだ、数える気も起きないほど沢山の魔物を捉えている。

「……だが、急に魔物の群れに襲われて崩壊したって雰囲気じゃないな」

確かに人間の姿は全く見当たらないのだが……逆に、人間の死体も見当たらないのだ。
食い尽くされて骨になっているなどという訳でもなく、服などが残されていることもない。
まるで街から、人間だけがいなくなってしまったかのようだ。

「これって……何があったんだろう？」

「……街の人は避難したって雰囲気だが……普通は成功しないな」


街の入り口などには、人間と魔物が戦った痕跡がある。

炎魔法と思しき焦げ跡や、剣などによる傷跡が沢山残っているからだ。

倒された魔物の骨などもある。


つまり……ここにいた人々は恐らく、魔物の襲撃が始まってから、ほぼ一人残らずどこかに避難したのだ。

しかし、事前に襲撃が分かっていて、それに備えて避難するならともかく……戦闘が始まってから避難するというのは、簡単ではない。

なにしろ、非戦闘員などを引き連れて、魔物を蹴散らしながら移動する羽目になるのだから。


そんな形で避難を成功させられる都市は、王国にだってないだろう。

王都には確かに王立学園の生徒たちもいるが、住民のほとんどは一般人だ。

身体強化すら使えない一般人は、ただ長距離を走って移動するだけでも苦労する。

病人や老人は、長距離を歩くのさえ難しいだろう。

そんな足手まといたちを引き連れての避難など、まったくもって現実的とはいえない。
途中でついていけなくなった者を囮として置いていくなどといった、非情な作戦を取っても……生き残れる者はほとんどいないだろう。

「……逃げた人たちは、どうなったのかな……？」

「街道の状況は、想像したくないですね……」

恐らく逃げるとしたら、最も防衛網の強い街……バルドラ王国の、王都のほうだろう。
つまり、俺達が来た道とは反対側だ。
ここにいた人々が、決死の大脱出を実行したのだとしたら……そちらの道には、地獄絵図が広がっていてもおかしくはない。

「でも、まだ生き残りがいるかもしれません！」

「じゃあ、急いだほうがいいかも！」

「……そうだな」


俺達はそう話して、街道をバルドラ王国の王都に向かって進み始めた。

だが、10キロほど進んでも、見捨てられた人の死体などは一つも見つからなかった。

代わりに見つかったのは、沢山の戦闘痕と、魔物の死体だ。


「この魔法の痕……無詠唱魔法ですよね？」


ルリイが地面の焦げ跡を見て、そう尋ねた。

無詠唱魔法と詠唱魔法は魔力の制御方法が違うので、残った魔力の痕跡で見分けがつく。

ルリイの言う通り、これは無詠唱魔法の痕跡だ。


「……無詠唱魔法みたいだな。恐らく『ファイア・ボール』だ」


ファイア・ボール。

王国で教えている無詠唱魔法の中でも最も簡単で、最も入門的な魔法だ。

イリスが入学試験で使ったのも、出力の差はあれ『ファイア・ボール』の一種といえる。

今のイリスでさえ発動はできると考えると、どれだけ簡単な魔法なのか分かるというものだろう。

だが入門用とはいえ、無詠唱魔法は無詠唱魔法だ。

詠唱魔法と違って、ただ呪文を唱えれば発動するというものではない。

「王国は他の国にも、無詠唱魔法を広めてるって話だったけど……バルドラ王国にも、無詠唱魔法を使える人が多いのかな？」

「教科書は配ってるはずだが……どのくらい広まってるかまでは分からないな」

他の国に無詠唱魔法を使える者がいること自体は、さほど驚くような状況ではない。

というのも、俺は王国に頼んで、他国にも無詠唱魔法の教科書……王立学園で使われているのと同じようなものを配ってもらうようにしていたからだ。

魔法書を世界中に広めるというのは、俺が前世から続けていることだ。

魔法戦闘師の才能に生まれた国は関係ないし、強い魔法戦闘師や優秀な魔法研究者が生まれる機会は少しでも増やしたい。

ギルアスのような才能ある冒険者が無詠唱魔法を覚えてくれるだけでも、俺にとっては嬉しいことだ。

それに……魔法技術を一つの国が独占しても、たいていロクなことにはならないからな。

……というわけで、無詠唱魔法を使える者がいること自体は不思議ではない。

しかし……やはりエイス王国に比べれば、バルドラ王国に無詠唱魔法が伝わってからの時間が短いことに変わりはない。

にもかかわらず、この街道には無数の無詠唱魔法の痕跡があった。

少なくとも５００人……いや１０００人は無詠唱魔法使いがいなければ、ここまで無詠唱魔法だらけにはならないだろう。

もし本当にそれだけの戦力がいたとすれば、一つの都市がまるごと避難を成功させることができたとしても、不思議ではなくなってくる。

「足跡も、身体強化魔法を使ってる雰囲気だ」

地面に残った足跡には、明らかに魔法なしでは不可能な力で踏み込んだようなものがいくつもあった。

身体強化魔法を使っている証しだ。

ギルアスのように無意識で身体強化魔法を使う者もいなくはないが、ギルアスのような人間が、そう沢山いるとは思えない。

「もしかしてバルドラ王国って、ものすごい戦闘民族なのかな……？」

「……そうかもしれないな……」

どうやらバルドラ王国に、無詠唱魔法が広まっているのは間違いなさそうだ。

そんな国ですら大都市を放棄せざるを得ないほど、魔物の襲撃が多くなっているということでもあるのだが……避難した人々の状況には、希望が見えてきた気もするな。

俺が知らない間に、他の国も強くなっていたようだ。

もうしばらくすれば、魔物はもう人間の敵というよりも、魔素から作られる美味しい食料という感じになるのかもしれないな。

「あの魔物……美味しそうです！」

そう言ってイリスが、大きな牛の魔物に向かって走っていった。

……すでに一部の人々……というかドラゴンにとっては、そういう世界になっているようだ。

第八章

翌日。

魔物だらけの街道で結界を張って野宿した俺達は、ミナルから数えて三つめの、外壁のある都市にやって来ていた。

外壁のない都市なら、人が残っている可能性が高いと踏んだわけだが……次の都市は、特に人がいる可能性が高い。

というのも、この先に川があるからだ。

王国からもらった地図によると、次の川には橋がかかっている。

しかし、橋を落とすことによって、川は堀の代わりになり、防衛拠点として使うことができるのだ。

特に、次の街……ファレスは、街が川のすぐ近くにあるので、川を越えようとする魔物と戦う戦力も用意しやすいだろう。

などと考えながら進んでいると……『受動探知』が、魔力を捉えた。

人間の魔力……というか、人間が使う魔法の魔力だ。

あまり洗練されていない術式のようだが、だからこそ撒き散らす魔力が多く、簡単に見つけることができる。

「……人間の魔力だな」

俺は襲ってきた魔物を斬り捨てながら、そう呟く。

あまりにも魔物が多く、矢がもったいないので、魔物の処理は俺とイリスで引き受けているのだ。

「あの街の人たち、逃げ切ってたんだね……！」

ここまでに俺達が見た街は、どこも避難が済んでもぬけの殻だった。

街道の途中に置いていかれた人などもいなかったということは、あそこにいた人々はみんな川の向こうまで逃げおおせたということだろうな。

そして……。

「なんか、みんな無詠唱魔法を使ってない……？」

「……使ってるみたいだな」

距離が近くなるにつれて、川の様子も分かってきた。

川の幅は数十メートルしかないため、人々は川を渡ろうとする魔物を魔法や矢で排除しているようだ。

魔法は全てファイア・ボール……弓使いは身体強化を使っているようだな。

有線誘導エンチャントなどを使っている様子はないが、身体強化を使って強い弓を引くことができれば、近距離での戦闘には十分だろう。

魔物は数が多いだけで、一体一体がそこまで強いわけではないしな。

しかし気になるのは、川のほとりで戦っている人々だ。

彼らは魔法戦闘部隊などには見えない。

普通に戦えそうな者もいるが……子供や老人など、それこそ街から適当に連れてきたような者たちが多いのだ。

「子供や、おじいさんもいるみたいですね……」

「ああ。そうみたいだな……」

なんだか、前世の時代を思い出すな。

前世の時代だと国によっては、魔法教育が国の隅々まで行き届いていて、いざという時には誰もが戦えるような状況があった。

もちろん優秀な魔法戦闘師も沢山いたので、実際に一般人が魔物と戦うようなことにはならないのだが……町中で犯罪者を捕まえるような時には、魔法教育が役に立つようなことも多かったのだ。

あの時代のレベルの魔法教育が実現できる方法があるなら、エイス王国にも欲しいくらいだな。

などと考えつつ進むうちに、川が見えてきた。

「このままだと、戦場に突っ込むことになっちゃうけど……どうしよう？」

「むしろ、そのほうがいいかもしれないな。……そのほうが、偉い人に会いやすそうだ」

俺達の目的は、魔物の異常発生の原因探しだ。

そのためには魔物の出現状況に関して、少しでも情報が欲しい。

エイス王国からの紹介状もあるのだから、『エイス王国側から来た』ということが分かりやすいようにすべきだろう。

そう考えて進んでいくと……川にたどり着いたところで、対岸で戦っていた人々が、俺達の姿を見つけたようだ。

「人間だ！　魔法を撃つのをやめろ！」

「まだ向こう側に生き残りがいたのか！　……今助けにいくぞ！」

川を守っている人々の中で、最も強そうな二人……防衛網のリーダーと思しき青年達が、そう言ってこちらに向かってこようとする。

橋はすでに落とされているが、どうやら身体強化魔法を使い、無理やり川を突破するつもりのようだ。

しかし……。

「そいっ！」

向かってきた魔物に向かって槍を振るい、空高く吹き飛ばしたイリスを見て、二人は動きを止めた。

そして俺が次の魔物を斬り捨てるのを見て、二人は身体強化魔法を解除した。

「なんか……大丈夫そうだな……？」

「身体強化って、極めるとあんなに強いのか……」

イリスによって打ち上げられた魔物が落下するのを見ながら、二人が呆然と呟く。

どうやら、俺達を助ける必要はないと理解したようだ。

「エイス王国から来た冒険者だ！　そっちに行ってもいいか⁉」

「もちろんだ！　……もしかして、援軍に来てくれたのか⁉」

「援軍と言えるかは分からないが、魔物の異常発生を止める手段を探しに来た！」

俺達はそう言いながら、結界魔法を足場にして川を渡る。
その様子を見て、二人は目を丸くした。

「今のって……魔法か⁉」

「もちろんそうだが……魔法なら、みんな使ってるよな？」

俺達がそう話す間にも、周囲では子供やお年寄りが魔物に向かって『ファイア・ボール』を撃ち込んでいる。
彼らは魔力を使い果たすと、街のほうに帰っていくようだ。
代わりに街からは、魔力を消費していなさそうな人々が歩いてくる。

『ファイア・ボール』は入門用に作られた魔法なので、効率や威力よりも発動の簡単さや、魔法の制御に失敗した時の安全性を重視して作られている。

そのため威力の割に魔力消費はそれなりに多く、使い続けると短時間で魔力を使い果たしてしまうのだろう。

だから、次々と交代しながら防衛網を維持しているというわけだ。

「ファイア・ボールと身体強化以外の魔法を使える奴なんて、初めて見たぞ！　……エイス王国は魔法教育が進んでるって聞いたが、本当だったんだな！」

……この言い方だと、バルドラ王国ではファイア・ボールと身体強化以外の魔法が普及していないみたいだな。

身体強化も、それこそギルアスが習ってもいないのに使えるくらい単純な魔法なので、確かに初心者向きではあるだろう。

ファイア・ボールと違って、身体強化は奥の深い魔法でもあるのだが……ここで戦っている人々は、そこまで難しい使い方をしている印象はないしな。

「ああ。色々な魔法を教えるって意味では、エイス王国は進んでるな。……だが、無詠唱魔法を使える人はほんの一部だけだ」

「……そうなのか？」

「逆に、なんでバルドラ王国では、こんなに誰でも魔法を使えているんだ……？」

「そりゃ、できるようになった奴が、他の奴に教えるんだよ。……今も街に行けば、誰かが魔法を教えてると思うぜ」

なるほど……魔法学校などではなく、互いに教え合うような形を取っているのか。

前世の時代だと、子供はまず魔法学校に通うのが当然だったし、エイス王国でも一般人同士で魔法を教え合うような文化はなかった。

そのため、互いに教え合うという発想はなかったが……確かに、簡単な魔法を大勢に教えるという意味では、非常に合理的だ。

しかし、ある程度以上のレベルの魔法を教えるとなると、その方法では危険が伴う。

実際、ここで戦っている人々の様子を見る限り……彼らの魔力操作はかなり乱雑で、しかも似たような癖(くせ)がある。

恐らく最初に魔法を使い始めた人の魔力操作の癖が、他の人々にもうつったような形だろう。

魔力の操作というのは、教わった相手に似るという話もあるからな。

ファイア・ボールであれば、それで何の問題もない。

あれは初心者が扱っても危険なことにならないように、細心の注意を払って組まれた魔法だからだ。

しかし……初心者用ではない魔法の場合、独学で扱うと危険な魔法も多いのだ。

少なくとも、彼らの魔力制御力で『特殊魔力エンチャント』などを使えば、この国は魔力災害だらけになってしまうだろう。

まあ、今は別の理由で魔力災害だらけになっているようだが。

「ちなみに、ファイア・ボールと身体強化以外の魔法は、何で使えないんだ？」

「なんか、王国から届いた本が難しかったらしくてな……。魔物対策で頑張って練習してる奴もいるんだが、全然成功してないみたいだ」

なるほど。

確かにファイア・ボールの次の段階となると、多少はちゃんとした魔力操作が必要になるからな。

第二学園でも、まずファイア・ボールで無詠唱魔法に慣れ、それから次の段階に進む……という過程で魔法を教えているのだが、互いに教え合う形だとそこで苦労するようだ。

しかし、ファイア・ボールと身体強化以外の魔法を使えなかったのは、バルドラ王国にとっては幸運だったかもしれない。

第二学園の教科書などは、魔力操作はちゃんと先生が教える前提で、説明をある程度省いているからな。

危険性等に関する説明もあまり多くないので、あの教科書をもとに色々な魔法を使えるようになっていたら、逆に無詠唱魔法が危険視されるようなことになっていたかもしれない。

他国に配布する魔法教本は、第二学園などと同じようなものなのだが……独学をする国には、別のものが必要かもしれないな。

「……国に帰ったら、独学に向いた魔法書を作ってもらえるように頼んでおこう」

魔法の独学というのは、なかなかおもしろいアイデアだ。

独学に向いた、簡単で安全な魔法書を作ることができれば、エイス王国でも無詠唱魔法を当たり前のものにできるかもしれない。

もちろん、ファイア・ボール以降の魔法を学んでもらうには、それなりの工夫が必要だろうが……そのあたりは、グレヴィルやレイタスに任せればなんとかしてくれるだろう。

「ありがたい！　……国にそんな頼みができるってことは、もしかしてエイス王国の偉い人なのか？」

偉い人か……。

一応は貴族……伯爵ということになっているので、偉い人には分類されるのだろうか？

でも俺が魔法教育に関わる理由は、別のところなんだよな。

「偉いかどうかは微妙なところだが……」

「マティ君は、エイス王国の偉い人だよ！」

俺の言葉を遮って、アルマがそう告げた。

なぜか胸を張っている。

そんなアルマの様子を見て、青年はあっけに取られたような顔をした。

そして……俺の顔を見ながら、恐る恐るといった感じで尋ねる。

「マティ君って……まさか、マティアス＝ヒルデスハイマー……？」

「……俺を知ってるのか？」

「知ってるも何も、あの本の著者じゃないですか！　俺達が魔法の勉強をしてた本の！」

なるほど、本に著者として書かれていたから、俺のことを知っていたというわけか。

しかし、王立第二学園の教科書の中で、俺が著者として扱われている本はとても少ない。

というのも……俺は魔法の専門家であって、教育の専門家ではないからだ。

俺が書いた魔法理論をもとに、教育の専門家である教師たちが、生徒に分かりやすいように文章を書く。

最近の教科書は、そういった形で作られている。

著者名は、教科書編纂委員会とか、そんな感じの名前になっているはずだ。

もちろん裏表紙などには俺の名前も書かれているのだが、俺が書いた文章ではないので、著者名という形にはなっていない。

例外となると……1冊しか思い浮かばないな。

『魔法総論』という本だ。

「著者名がマティくんになってる本って……『魔法総論』のことでしょうか?」

「多分、一番最初の教科書の中で、一番難しいやつだね……」

「あの、枕にちょうどいい厚さのやつですね!」

確かに……『魔法総論』の内容を考えると、バルドラ王国でファイア・ボール以外の魔法が普及しなかったのも納得がいくかもしれない。

自分なりには分かりやすく、正確に、精密に、魔法理論について書いたつもりだったのだが……第二学園の教師陣には、難解すぎると評判だったのだ。

もちろんファイア・ボール以外の魔法も、あの教科書には書かれている。

今の第二学園で使われている教科書を全部合わせても、俺が書いた教科書に収録された魔法の10分の1も書かれていないだろう。

頑張って読めば、あの本には沢山の知識が詰め込まれているのだ。

魔法研究者であるレイタスはあの教科書を見て大喜びしていたが、それ以外の者があの教科書を最後まで読んだという話は聞いたことがない。

というかルリイ達ですら、あの本に書かれた知識のごく一部しか知らないはずだ。

あの本をちゃんと勉強するには、何十年もの時間が必要だろうからな。

とはいえ、あの本が魔法の初心者向けではないことは、先生方の評価によって理解していた。

そのため第二学園でも、あの教科書……俺が単独で書いた本は、授業で習う範囲のさらに先を学びたい者が読む本として扱われていたのだ。

無詠唱魔法を使ったことすらない人間があれを読んで、ファイア・ボールと身体強化魔法を使えるようになったのだとしたら、むしろ頑張ったほうだろう。

「……まさか、あれより簡単な本があるんですか⁉」

……いつの間にか、青年の口調が敬語になっている。

どうやら魔法書のインパクトは大きかったようだ。

「ああ。……とりあえず、これを渡しておこう」

俺はそう言って、収納魔法から魔法の教科書を取り出した。

今の第二学園で使われている、『やさしい魔法入門』という本だ。

中に書かれている知識は、『魔法総論』の2ページ分にも満たないが……内容を削っただけあって、分かりやすいと評判らしい。

入門向けなので危険な魔法も書かれていないし、独学用としては一番マシだろう。

「ありがとう……いや、ありがとうございます！　……まさか、マティアス＝ヒルデスハイマーが俺達の国に来てくれるなんて！」

そう言って青年は、教科書を大事そうにしまいこんだ。

それからもう一人の青年に、声をかける。

「マティアスさんを国王陛下に案内しなきゃいけないから、少し離れていいか？」

「ああ！　頼んだ！」

どうやら、案内してくれるようだな。

しかし、いきなり国王陛下に案内……？

ここはバルドラ王国の王都ではないどころか、魔物との戦いの最前線になっているような場所なのだが……こんな場所に国王がいるのだろうか。

どうやらこの国は、なかなか面白（おもしろ）い国のようだ。

◇

「……人がずいぶんと多いんだな」


街を歩きながら、俺はそう呟いた。

ここの道は、エイス王国の王都より数倍は混んでいる。

歩くのに苦労するほどではないが……走り回るのは難しそうだな。

理由は、なんとなく想像がつく。


「住む街を失った人が、たくさん逃げてきたんです。……食料だけは豊富なのが救いですね」

「……やっぱり、そういうことか」


どうやらこの街には、避難民たちが沢山集まっているようだ。

そんな街を歩きながら、俺は人々の魔力の様子を見るが……魔力の減っている人が多いな。

交代制で魔法を使って街を守っているという話は、やはり本当のようだ。

そしてファイア・ボールと身体強化以外の魔法が普及していないという話も、間違いなさそうだ。

魔法を使った形跡はあるのに、魔力をしっかりと制御している様子の人間は全くいないからな。

無詠唱魔法が中途半端（ちゅうとはんぱ）な形で伝わっているのを見た時には、この国で魔力災害が頻発しているのは『特殊魔力エンチャント』のせいなのではないかと疑ったが……その可能性はほぼないと見てよさそうだ。

などと考えていると……。

「買ってきました！」

イリスは早速、近くの店で食料を買ってきていた。

人が多いだけあって、食べ物を売る店も多いようだが……どの店も、メニューはほぼ一緒……魔物の肉を焼いたものだ。

魔物の異常発生は、倒すことさえできれば食料が押し寄せているようなものなので、確かに食べ物には困らないだろう。

「……エイス王国の金貨って、ここでも使えるのか？」

「なんか、大丈夫みたいです！」

……そういうものなのか。

通貨は違うはずだし、王国との交易路は魔物によって寸断されてしまっているのだが……まあ金でできていることに変わりはないので、何とかする手段はあるのかもしれないな。

などと考えていると、肉にかぶりついたイリスが驚きの声を上げた。

「この街のお肉、美味しいですね……！」

「はい。異常発生の魔物の肉は、なぜか美味いって評判なんです」

……確かに、魔力災害によって生まれた魔物の肉がうまいというのは、前世の時代からの評判だったな。

生まれてからの時間が短く、まだ何も食べていないから雑味が少ないなどという話もあったようだ。

普通の川などの水より、水魔法で出した水のほうが美味しくて安全なのと似たようなものだな。


ちなみに魔物は魔素から生まれるが、生まれた後の魔物は普通に食事をする。

魔物の一種であるドラゴンも食事をするし、他の魔物も植物や動物や他の魔物を食べるのだ。

一般的に危険なのは肉食の魔物や大型の魔物で、弱い草食の魔物は無害とされることが多いのだが……スライムなどといった繁殖力の強い魔物による食害で、畑や山が荒れてしまったりすることもあるので、一概に弱いから無害とも言いにくいな。

◇

それから数時間後。

俺達は領主館の応接間に座っていた。

向かい側には……この国の国王、バルドラ＝リドアが座っている。

「遠路はるばる……それも魔物だらけの道を、わざわざバルドラ王国まで来てくれたこと、深く感謝する。本来であればしっかりとしたもてなしをしたいところだが……今は非常時ゆえ、もてなしは平和になった後にさせてもらいたい」

「こちらこそ、急な訪問にもかかわらずお会い頂けたこと、光栄に存じます」

俺は国王の言葉に、そう返した。

バルドラ王国の言語はエイス王国と同じでよかったな。

もし言語が違ったら、習得が少し面倒だったところだ。

「……当然のことだ。王国から、優秀な魔法使い……しかも、あの『魔法総論』の著者が来てくれたのだから、会わない理由などない」

「『魔法総論』は、陛下もご存知でしたか」

「知っているも何も、我が国がまだ滅んでいないのはあの本のおかげだ。……ずいぶんと難しい本のようだが、読めた部分だけでも防衛線の維持は十分すぎるほど役立った」

そう告げるバルドラ国王の手元にはエイス王国からの紹介状と、先程俺が青年に渡した『やさしい魔法入門』が置かれている。

いま役人たちは、大急ぎでこの本の写本を作り、町中に配って回っているらしい。
バルドラ王国のあちこちで、まともな攻撃魔法が見られる日も、そう遠くはないだろう。
そして……。

「陛下も、魔法をお使いになられるのですね」

「見ただけで分かるものなのか？」

「魔力を見れば分かります。魔力の回復具合から見るに……3時間ほど前でしょうか」

俺はそう言って、国王の魔力を観察する。
魔力回路などはあまり鍛えられている感じがしないので、恐らく魔法を使えるようになったのはごく最近だろう。

しかし……魔力の様子からすると、これは練習による魔力消費ではなさそうだな。
同じ魔法を使うのでも、実戦と練習では魔力の使い方にわずかな違いがある。
この国王の魔力の減り方は……実戦によるものだ。

「本物の魔法使いの手にかかると、そこまで分かってしまうものなのだな……」

「まさか、陛下も戦われているのですか?」

「ああ。我が国は今、本来は守られるべき民にまで戦うことを強いているからな。……せめて私が前線に立たねば、下々の者に示しがつくまい」

なるほど。

なぜ戦闘経験のなさそうな者達が、あんなに前線で魔物と戦っているのかは不思議に思っていたが……国王が自ら前線に立てば、一般人たちもやる気になるか。

どうやらバルドラ王国の国王は、かなり武闘派のようだ。

「それで……早速ですまないが、緊急時ゆえ要件に移りたい。ヒルデスハイマー伯爵らが我が国に来てくれたのは、何が理由だ?」

……話している感じだと、バルドラ国王は遠回しでまどろっこしい会話が好きなタイプではなさそうだ。

忙しい緊急事態の最中でもあることだし、ここは目的を濁すより、はっきり言ったほうがよさそうだな。

「魔物の異常発生の原因を探りに来ました。その本の対価と言ってはなんですが……、何か情報があれば頂けないかと」

「……原因はこちらが知りたいくらいだが、『魔法総論』を書いたほどの研究者が原因究明に加わってくれるなら頼もしい限りだ。……とは言っても、我々が知っていることはほとんど何もないがね」

……予想はついていたが、やはりバルドラ王国でも原因は分かっていないようだ。

まあ、魔力災害が原因だとしたら、魔法学者のいないこの国で原因を究明できないのは当然とも言えるだろう。

しかし……。

「ほとんどというと、少しはあるんですね」

「ああ。……この魔物の異常発生が始まったのは、ワルドアという街があった場所の近くだ。……それだけは、ほぼ間違いない」

そう言って国王は、１枚の手紙を俺に差し出す。

そこには無数の魔物が押し寄せていることと、街の守りが崩壊したこと、残っていた伝書鳥に手紙を託すことが書かれていた。

この手紙の内容が本当だとすれば、この手紙を出した者はすでにこの世にいないということになる。

「この手紙は、ワルドアにいた衛兵から、伝書鳥で送られてきたものだ。……それ以降、ワルドアからの連絡はない」

「……ワルドアの街の近辺は、今どうなっているんですか？」

「分からない。……以前に調査隊を出したのだが、一人も生きて帰ってはこなかった……」

国王の声には、悔しさが滲(にじ)んでいた。

魔法通信などもないので、調査隊がどうなったのかすら分からないままなのだろう。

「そこは今も、魔物だらけなんですか？」

「恐らくそうだ。……あちらから押し寄せてくる魔物は、まだ増え続けているからな」

魔力災害が起こった後、魔物はあちこちに散らばっていくので、時間が経(た)てば魔物はまばらになっていく。

にもかかわらず魔物の巣のような状況が続いているということは……魔力災害が発生し続け、今も新たな魔物を生み出している可能性が高いな。

つまりその場所に行けば、魔力災害の原因が分かるというわけだ。

「ワルドアの街の場所を教えてください。俺達が調査に行きます」

「……エイス王国貴族のヒルデスハイマー伯爵自らが、調査に行くと言うのか？」

俺の言葉を聞いて、国王は驚いた顔をした。

エイス王国では、俺達は魔法戦闘師のイメージが強いかもしれないが……他国から見れば、俺は他国の貴族という扱いになるのか。

確かに、他国の貴族が国内で死んだりすれば国際問題になりかねないし、驚くのも無理はないかもしれないな。

「もちろん、俺達が死んだりしても国際問題にはなりません。俺達が調査に行くことは、国王も了承済みですから」

「……仮にそうだとしても……それは許可できないな。私はもうこれ以上、あそこで死者を出したくないのだ……」

国王の言葉は……建前（たてまえ）などではなく、本気で言っているように聞こえる。

調査隊が犠牲になったことも気に病んでいるようだし、民思いの国王なのかもしれないな。

自分で前線に出たりもしているあたり、前世の時代にはあまり見かけなかったタイプの国王だ。

などと考えていると……イリスが口を開いた。

「大丈夫です！　ワタシ達は死なないので！」

「王国からここまでやってきたあたり、戦いの腕には覚えがあるのかもしれないが……ワルドア方面は魔物の格が違う。やめておいたほうがいい」

「……そこまで危ないんですか？」

「ああ。我が国が送り込んだワルドア調査隊は、全員がAランク冒険者……王国が集めうる最高戦力たちだ。魔法の腕では君たちに劣るかもしれないが、実戦となれば冒険者達の専門分野だからな」

なるほど、調査隊は冒険者だったのか。

確かに、魔物だらけの場所への偵察任務となると、軍などより冒険者のほうが適任だな。

そのトップ達が返り討ちになったなら、警戒するのも無理もないかもしれない。

「その人たち、どんな魔法を使えたんですか？」

「詠唱魔法とファイア・ボール、そして君の本のお陰で習得した、身体強化だ。……王国最強の冒険者たちが身体強化を使っても生き残れない場所など、人間が踏み込んでいい場所とは思えん……」

国王の言葉を聞いて、俺はアルマ達と顔を見合わせる。

調査隊を失った国王は気の毒だが……魔法に関して聞く限り、王国のAランク冒険者というのはあまり強くなさそうだ。

平均的な第二学園生のほうが、ずっと強いのではないだろうか。

などと考えていると、国王が口を開いた。

「納得いかなそうな顔だな。……では、試してみるか？」

「試すというと……模擬戦ですか？」

「ああ。……この街にいるAランク冒険者と戦ってみてほしい。無詠唱魔法を習得した者がどのくらいの強さなのかは、私としても気になるところだしな」

悪くない提案だな。

俺としても、ワルドア王国の主戦力がどのくらいの強さなのかは、知っておきたいところだ。身体強化とファイア・ボールだけとはいえ、これだけ魔法使いの多い国なのだから……実はギルアスみたいに、凄まじい魔法の才能を持った者がいたりする可能性もあるしな。

ただ、国王が死者を出したくないとすれば……確認しておくべきことがありそうだ。

「その模擬戦は、全員参加ですか？」

「……もちろん、ワルドアに行きたい者は全員だ。安全確保で重要なのは、パーティーで最も強い者ではなく、最も弱い者の強さだと聞くからな」

国王の発言は、それなりに正しい。

強いパーティーであっても、1人足手まといが紛れ込めば、それだけでパーティー全員が危険に晒されるようなことはあるからな。

だから、全員に模擬戦をやらせるというのは正しいのだが……一つ問題がある。

「その試験、イリスだけは魔物相手でやってもらう訳にはいきませんか？」

「なんでですか⁉　ワタシも戦えます！」

「いや、戦えるのは間違いないと思うんだが……相手に危険が及ぶからな」

相手が優秀な冒険者となると、昔のイリスが相手なら、技術の差で攻撃を受け流したりして安全を確保できたかもしれない。

しかしイリスも槍の鍛錬を続けた結果、だいぶ槍術が上手くなっている。

そのため、模擬戦をやってしまうと、相手がイリスのパワーをモロに受けてしまう可能性があるのだ。

回復魔法で直せる範囲ならいいのだが……どんな回復魔法も、即死した人までは直せない。

「彼女が使う魔法は、そんなに危険なのか？」

「いえ、魔法ではなく槍なのです」

「であれば、刃を潰した槍を使えば問題あるまい。もちろん我が国の冒険者にも、刃を潰した武器を使ってもらう」

……まずいな。

このままでは、ワルドアの街に偵察に行く前から死人が出てしまうことになりかねないぞ。

当然ながら、イリスに刃を潰した武器を持たせたところで、模擬戦が安全になる訳もない。

何しろイリスが普段使っている槍も、最初から刃などついていないのだ。

「……まあ、どうしてもと言うなら、まずは魔物相手ということにしよう。その様子を見て必要なようであれば、改めて冒険者との模擬戦を行う。……それでいいか？」

「それでお願いします」

どうやら、バルドラ王国民の命は守られたようだ。

イリスは少し納得のいかない顔をしているが……どんな相手が出てくるか分からない以上、この条件は絶対に必要だろう。

「では、さっそく模擬戦の準備をしよう。……バルドラ王国最強の戦士と、王国の魔法使い……面白い戦いになりそうだ」

こうして俺達は、バルドラ王国の冒険者と模擬戦をすることになった。

どんな相手が出てくるのか……少し楽しみだな。

あとがき

はじめましての人ははじめまして。前巻や他シリーズ、漫画版などからの方はこんにちは。
進行諸島です。

アニメも一旦終わりましたが、シリーズはまだまだ続いていくということで、締切に追われながら過ごしております。嬉しい悲鳴ですね。

こうして17巻などという、あまり見かけない巻数まで続けられているのは、読者の皆様のおかげです！　ありがとうございます！

さて、アニメや漫画から来られた方もいらっしゃると思うので、一応シリーズの説明です。

本シリーズは強さを求めて転生した主人公が、技術の衰退した世界の常識を破壊しつくしながら無双するシリーズとなっております。

それはもう、圧倒的に無双します！

1巻からこの17巻まで、そこは一切変わっておりません。

もちろんアニメにあった部分も、展開の都合上駆け足になってしまった部分なども細かく書いていたりもするので、気になっていただけた方はぜひ手に取って頂ければと思います。


さて、この17巻は1巻で登場した『宇宙の魔物』との戦いが本格的に始まります。

相手が宇宙にいるということで、ちょっとSFっぽさも出てくることがあるかもしれませんが、基本的には剣と魔法の世界の主人公最強ものとして書いているので、急に話の雰囲気が変わってしまうような心配はありません！

ぜひ安心して、ここからも楽しんでいただければと思います！


さて、謝辞に入りたいと思います。

今も続く膨大な量の監修の中、多方面でサポートをしてくださった担当編集の皆様。

そしてアニメ化に尽力して下さった、ライツ部の皆様。

素晴らしい挿絵を書いてくださった風花風花様。

漫画版を描いて下さった、肝匠先生、馮昊先生。

アニメ版に関わってくださっている、アニメスタッフの方々。

それ以外の立場から、この本に関わってくださっている全ての方々。

この本を出すことができるのは、皆様のおかげです。ありがとうございます。

最後に宣伝(せんでん)を。

『転生賢者の異世界ライフ』コミック20巻がこの本と同時発売となります！

興味を持っていただけた方は、ぜひ漫画や他シリーズの方もよろしくお願いします！

それでは、次巻でも無事に皆様とお会いできることを祈りつつ、後書きとさせていただきます。

進行諸島

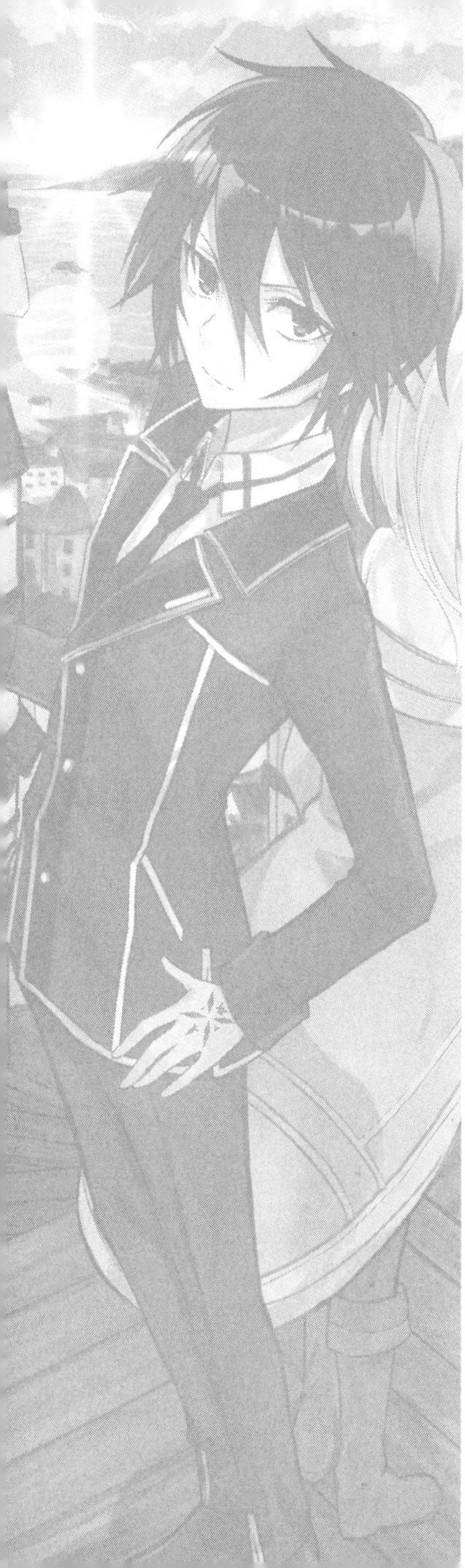

失格紋の最強賢者17
～世界最強の賢者が更に強くなるために転生しました～

2023年5月31日　初版第一刷発行

著者　進行諸島

発行人　小川 淳

発行所　SBクリエイティブ株式会社
〒106-0032　東京都港区六本木2-4-5
03-5549-1201　03-5549-1167（編集）

装丁　AFTERGLOW

印刷・製本　中央精版印刷株式会社

ISBN978-4-8156-2116-2
Printed in Japan

ファンレター、作品のご感想をお待ちしております。

〒106-0032　東京都港区六本木 2-4-5
SBクリエイティブ株式会社
GA文庫編集部 気付

「進行諸島先生」係
「風花風花先生」係

本書に関するご意見・ご感想は
下のQRコードよりお寄せください。
※アクセスの際に発生する通信費等はご負担ください。

最強のさらにその先を目指す、
戦う魔法使いの物語！
進行諸島先生×
風花風花先生の
大ヒットファンタジーを
殲滅魔導の
最強賢者
無才の賢者、魔導を極め最強へ至る
原作：進行諸島（GAノベル／SBクリエイティブ刊）
キャラクター原案：風花風花
漫画：月澪＆彭傑（Friendly Land）

コミカライズ！
マンガUP！にて
大好評連載中！
最強を目指す、
戦う魔法使いの物語！
失格紋の最強賢者
～世界最強の賢者が更に強くなるために転生しました～
原作：進行諸島（GAノベル／SBクリエイティブ刊）
キャラクター原案：風花風花
漫画：肝匠＆馮昊（Friendly Land）

試読版は

こちら!

転生賢者の異世界ライフ13
～第二の職業を得て、世界最強になりました～

著：進行諸島　画：風花風花

　ある日突然異世界に召喚され、不遇職『テイマー』になってしまった元ブラック企業の社畜・佐野ユージ。不遇職にもかかわらず、突然スライムを100匹以上もテイムし、さまざまな魔法を覚えて圧倒的スキルを身に付けたユージは、森の精霊ドライアドや魔物の大発生した街を救い、神話級のドラゴンまで倒すことに成功。異世界最強の賢者に成り上がっていく。

『人造真竜』を撃破するユージだったが、その死体から発生した煙がルポリスの街を覆いつくしてしまう。煙に触れた人々が石のように固まってしまい、元に戻す手立てを探すべく動くユージ。するとそこへ唯一無事だったテアフが現われるが――!?